Un peu de désir
sinon je meurs

Paru dans Le Livre de Poche :

MES NUITS SONT PLUS BELLES QUE VOS JOURS

MARIE BILLETDOUX

Un peu de désir sinon je meurs

ALBIN MICHEL

Auteur de *Prends garde à la douceur des choses* (prix Interallié 1976) et de *Mes nuits sont plus belles que vos jours* (prix Renaudot 1985), Raphaële Billetdoux entame, avec *Un peu de désir sinon je meurs*, une nouvelle carrière littéraire sous le nom de Marie Billetdoux.

ISBN : 978-2-253-12410-8 – 1re publication LGF

Monsieur Richard Ducousset
Éditions Albin Michel
22, rue Huyghens
75014 Paris

Paris, le 19 décembre 2003

Cher Richard,

En cette fin d'année, j'ai le plaisir de te faire savoir qu'après candidature de ma part auprès du Centre National du Livre, sur la base d'une déclaration annuelle de 2 708 € pour 2002 et de 355 €, sur l'honneur, pour 2003, il vient de m'être accordé une bourse, dite de création.

Après ces deux ans de bouleversements ininterrompus, il faut entendre, dans cette nouvelle, la promesse d'un retour sinon à la vie, du moins à l'écriture. J'ai toujours autant besoin, pour écrire, de cette apparente contradiction : travailler dans le secret absolu – pour cela, rien n'est plus simple, nul ne s'enquiert plus de l'écrivain que j'étais, même pas toi – et, en même temps, me sentir attendue. Avec cette attribution du C.N.L. par les sept membres de la commission Roman, que je ne connais pas, mais qui justement, de manière anonyme tels des lecteurs, m'ont exprimé leur confiance comme une exhortation à reprendre, c'est chose faite, et c'est bon. J'ai été tellement cognée par la mort de Paul que, phénomène très troublant, je suis restée longtemps sans pouvoir reconnaître les photos de notre vie, ne le reconnaissais, lui, sur la photo, pas mieux qu'un inconnu… Des mois durant aussi – il faudra qu'on m'explique –, j'ai menti, un peu sur tout, tout le temps, imperceptiblement, je m'entendais brouiller les choses sans corriger, j'étais, comme sous la contrainte, obligée aussi de voler un peu, et voler des choses absurdes : des piles, une cuillère en bois, du basilic… À ce moment de doute profond quant à mon identité – « le démon de mon cœur s'appelle "À quoi bon ?" », Paul citait souvent cette phrase –, plus que la bourse elle-même, cette preuve que quelques personnes encore croient que je peux écrire m'a causé, à un point que je n'imaginais pas, un plaisir fou. Je n'avais pas, il est vrai, comme Jacques Laurent à la mort d'Élisabeth, dans son dernier article au *Figaro*, annoncé : « Je ne sais pas si je pourrai lui survivre. » L'important est qu'on ne sache pas que je me le demande aussi. Je me suis engagée donc à ne pas avoir d'activité salariée supérieure à un mi-temps pendant un an, à compter d'aujourd'hui. Sans salaires, déjà, depuis dix ans, et devenue parfaitement asociale, c'est le contraire qui m'eût coûté. Je n'ai pas oublié, bien sûr, l'existence de ce contrat chez toi pour le livre n° 2 que, si tu t'en souviens, il y a trois ans, je ne voulais pas signer… Voilà, c'était pour ça : même seulement moral, il pré-existe tristement, il n'accompagne pas au présent l'excitation nouvelle et le désir d'engagement, il sent comme tous les mariages la crainte et la défiance, il date d'avant P.G., il est dévitalisé, mortifère… Quoi qu'il en soit, il existe, et on serait, si on le savait, scandalisé que je m'en plaigne, mais je ne saurais toute seule souffler dessus, le réchauffer, te rameuter, ré-affronter ta secrétaire et tes méandres aussi tourmentés au moins que les miens, sans être totalement sûre de moi, c'est-à-dire de ma capacité à fixer – donc tenir – une date de remise de manuscrit. Vraiment, c'est un effroi pour une plume fragile que d'être liée avant l'heure, plus jamais je ne le referai. Si j'aime à penser que tu seras mon dernier éditeur, j'ai besoin aussi, comme avec Paul, que nous nous rechoisissions éternellement.

Je t'ai fait part, le soir du Goncourt, en vous interrompant alors que tu parlais avec Bernard

Werber si bien que tu m'as crue ronde, de ce que Raphaële était morte à elle-même cet automne, le 10 octobre 2003 très précisément, à minuit, sur la plage de l'île d'Yeu. Si le carnet du *Figaro* m'a refusé cette publication, j'espère que tu ne verras pas d'inconvénient à ce que je signe le prochain livre de mon nom nouveau ?

Souvent, au cours de ces longs mois, mes pensées sont allées vers toi et t'accompagnaient dans ta tâche, je ne sais si tu en as jamais perçu la légère chaleur. Aujourd'hui je t'adresse, ainsi qu'à Isabelle, mes vœux les plus sincères et les plus amicaux de belle et bonne année.

Marie Billetdoux

Monsieur Richard Ducousset
Albin Michel
22, rue Huyghens
75014 Paris

Paris, le 10 octobre 2004

Cher Richard,

Hier au téléphone, à une amie, j'ai dit : « Un an, bientôt, que j'ai adressé mes vœux de bonne année à mon éditeur, c'est resté lettre morte. – … Même pas reçu la carte imprimée ? – La carte "Éditions Albin Michel", oui… mais c'était un an et demi après la mort de Paul, un an et demi de silence, donc une manière pour moi, peut-être, comme on dit en politique, de lui indiquer un frémissement ?… Je le revois près du cercueil, à Saint-Germain-des-Prés où l'église était comble, deux grosses larmes brillaient sur ses joues d'éditeur et ami… – De crocodile, oui ! – Non, non, pourquoi dire ça, il aimait beaucoup Paul : "Si je peux faire quelque chose pour toi, avait-il dit, appelle, je suis là…" – Oui, mais, un an et demi plus tard… – Eh bien ? Qu'est-ce que c'est, un an et demi, dans la vie littéraire, dans le temps littéraire… Rien ! – À part "bonne année", tu lui disais quoi, dans cette lettre ? – *Nul ne s'enquiert plus de l'écrivain que j'étais, même pas toi.* » L'amie poussa des cris : « Mais où vis-tu enfin… ? – Là, à cent mètres de son bureau. – Non, je veux dire : plus personne, à Paris, n'écrit une lettre pareille !… Un homme submergé, qui n'a pas assez de sa propre existence pour refouler les auteurs, les manuscrits, les déjeuners, pourquoi veux-tu que, dans sa journée de dingue, il… – Du désir. – Quoi !? – Du désir, je dis un peu de désir, sinon je meurs… Du désir, sinon comment… Du désir, sinon pourquoi… ? Pour *qui* maintenant ? À froid, à vide, seule, sans sollicitation, sans frottement, sans attente, sans alcool, tout ce mal, pour quoi ?… Pour, dans six mois, dans un an, trois journalistes – dix, cent, ce n'est pas le problème – eux aussi, submergés, exténués, pourquoi ce titre, pas eu le temps de lire, qu'est-ce que vous avez voulu nous dire ?… Écrivain ou l'infini de la solitude. Deux ans que Paul est dans la tombe, mains croisées, chevilles croisées, tête penchée sur la droite, trente-deux ans que, à peine savait-il, à peine avait-il compris, il allait dans Paris, battant le gong, créant la rumeur, construisant ma légende, décommandant nos dîners, recueillant Augustin, protégeant ma retraite, validant ma folie : « Raphaële écrit ! »... Il ne m'aimait jamais mieux qu'à ces époques du renouvellement de l'écriture. Incapable d'aucune question, mais tendu soudain, guettant, cherchant, avec une pudeur et des égards infinis, l'assurance que cela durait, et prenait vraiment la forme d'un livre... Même pudeur insurmontable, même état de veille et de, jusqu'à l'achèvement, discrétion totale lorsque ce fut, non pas un livre, mais un enfant qui s'annonça, pour, un jour, à la fin d'un coup de fil à un ami qui me l'a rapporté récemment, lâcher d'une voix sourde : « Raphaële a accouché d'un gosse ce matin. On dit qu'il me ressemble. » Même si j'ai commencé à publier à une époque où les éditeurs et les journalistes étaient curieux encore de l'énigme qu'est un écrivain, et le pressaient réellement d'essayer de se livrer un peu plus qu'il n'avait réussi, déjà, à le faire – et cette curiosité toute masculine, quand on est une fleur de dix-neuf ans confuse et endormie, m'a marquée à vie –, personne ne m'a jamais, comme Paul, donné ce sentiment d'être aux aguets de mon devenir, en attente de ce que je contenais, qui allait jaillir, non pas vers lui comme l'espère l'amoureux, mais vers le monde…

Toute femme de cette vie, d'ailleurs, secrétaire, députée, ministre, boulangère, journaliste, mondaine, contractuelle, jeune ou âgée, côtoyée cinq minutes, soulevait chez lui cet extrême intérêt pour l'étrangeté et le secret non résolu de sa présence au monde. « Que faites-vous là ?… », semblait toujours dire son regard, aussi honoré qu'étonné et amusé. Tout autant l'intriguaient la forme des corps, la couleur des poils, le modus vivendi, les mœurs et l'habitat. « Que faites-vous là ?… » C'était assez pour qu'on se retourne sur soi avec le même intérêt ému soudain, et qu'on se sente un animal magique singulier. Pour qui, de surcroît, se ressent un peu artiste, c'est-à-dire un rien dévitalisée, en exil, à la merci de ce quelque chose du divin qui viendra, ou pas, la rejoindre et lui permettre de se dépasser, c'est, c'était extraordinaire, c'était plus engageant, plus provocant que cent contrats : cet homme-là ne m'a pas offert de partager une vie normale de femme normale avec un homme normal, mais, comme à une femme pendant neuf mois on pousse les portes et ouvre les portières, trente-deux années durant il m'a accordé cette considération qu'on accorde à une femme enceinte… Ce n'était pas hommage à qui peut porter et donner la vie, pas du tout : c'était hommage, exprimé à crédit, éternellement renouvelé, à l'œuvre d'une vie en train de se faire. Poliment, il rendait ce qu'on voulait lui remettre. Sévèrement, il vous rappelait à votre plus haute charge. Est-ce d'avoir, à quinze mois, de la mort de son père à la naissance posthume de sa sœur, dormi quinze nuits serré contre le gros ventre de sa maman en pleurs, toute femme était par lui regardée comme une fée en grossesse perpétuelle, en grossesse d'elle-même… Là, je me sentais attendue ; par là, par cette façon, d'emblée, de me prêter plus que je n'étais ; par ce langage de général d'armée à haut dessein dès les premières heures de connaissance, plus diaboliquement qu'un Kafka et son offre immédiate de mariage, il a ferré la jeune fille que j'étais et, littéralement, sidéré à ses côtés ma jeunesse. Dix-neuf ans, il en avait trente-huit. Nous étions, avec d'autres, les invités pour l'été de ton ami Perdriel au couvent d'Alziprato, en Corse. Nous correspondions par lettre glissée dans le tome I, Paul Valéry, de la grande bibliothèque.

Bon. Je vous trouve. Et prends votre place au tome I – P.V.

Il était prévu que notre rencontre en terrain étrange serait une passion.

Je lui avais doucement fait reproche de n'être pas plus audacieux.

« N'oubliez pas, fit-il, que j'ai une biographie, que cela induit, bêtement, parfois, au scepticisme. Pourtant je sais où est le ciel, où est la terre. Cette messe si belle, ce matin, m'a remis le sens des choses… Me voici bien raccordé. Vous aurez le sourire que vous attendez pour vivre, que j'aime que vous attendiez, que vous avez eu hier, à table, que vous n'avez pas vu.

Je vous l'ai dit : je vous traiterai gravement. *Ma gravité, la vôtre, n'ont que faire de l'humour par quoi vous concluez. Ce serait, peut-être, si vous étiez ma maîtresse. Ou si, en silence, vous attendiez tout de moi, sans retour. Mais, contrairement à ce que vous semblez croire, vous avez plus à faire pour moi que moi pour vous. Vous devrez inventer, sortir de vous-même. M'accompagner. Me dire. Me faire. Que si, vous étant ainsi, j'en ai décidé une fois, je vous prie de croire que je ne vous décevrai pas… Et souvenez-vous que, le jour où je vous aimerai, c'est-à-dire pour vivre avec vous, vous le saurez, et n'aurez point de démenti par la suite.*

Comme, entre-temps, vous seriez avertie bien à temps d'un changement d'état envers vous, que je ne parviens pas à prévoir pour l'instant… »

1 • Comment, au seuil de sa vie, se remettre d'un tel langage ?

2 • D'*instant* en *instant*, avertie de rien, sans jamais *vivre avec vous*, trente-deux ans ont passé.

3 • *Inventer... M'accompagner. Me dire. Me faire* : telle était la commande sacrée.

4 • *En décider une fois* : de quoi s'agissait-il ? Autour de nous, les êtres se trompaient, s'épousaient, se trompaient, procréaient, se trompaient, se quittaient, recommençaient. Paul n'était pas le dernier à m'informer de ces mouvements. Hors jeu, nous nous bornions ensemble à constater, lui à l'aune de ce qui meurt et se défait à chaque seconde, qui était son unité de conscience aiguë – d'où la grandiloquence, devant un éventuel engagement – et moi, du fond de ce rêve sans fin où, dans une indécision majeure protectrice, je baigne depuis ma naissance. Rien dans ce monde immobile et flottant ne pouvait vraiment se produire, ni se rompre, puisque rien n'y était nommé, ni établi. C'était le même qui m'avait dit : « Je vous aime plus que la Touraine, mais si la Touraine n'existait pas, je ne pourrais pas vous aimer », avant que je ne découvre qu'ainsi déjà à Henriette de Mortsauf s'était adressé Félix de Vandenesse, mais je me trouvais bien à ces hauteurs, et je n'attendais rien, ne demandais rien, la vie pour moi je ne sais pas pourquoi se joue ailleurs... Le circonflexe par-dessus le a de

grâvement seulement m'a déroutée. Puis je l'ai oublié, comme tout ce qui ne plaît pas. Sur la présence de ce circonflexe pourtant, demain, j'écrirais trois volumes.

… La grande taille, enfin, l'excentricité du corps et de la tête, la force de la voix, l'intelligence, les références, les affirmations morales par là-dessus, créant le devoir, achevaient de vous assigner au plus haut : pour un échange étincelant, debout, quelques minutes au détour d'un couloir, ou, sans qu'il y paraisse, pour l'éternité. J'aimais tellement Paul, tu vois, m'a dit ce grand flandrin d'Herzog que, si j'avais eu à choisir, eh bien, de vous deux, j'aurais préféré que ce soit toi qui partes la première… De l'art de fixer, d'immobiliser les âmes et les affections autour de soi. Tu l'as vu, l'église était pleine. De petit campagnard roux, timide et orphelin, de la banlieue d'Amiens, élevé par trois femmes craintives, il est parvenu jusqu'aux salons et aux lustres de l'Élysée : « Paul me paraissait appartenir à la race des indestructibles », m'a écrit Maurice Druon. Et d'Ormesson : « On peut dire de lui qu'il rayonnait… Même ses adversaires étaient ses amis. » C'est tellement ça ! Les Guilbert de Picardie, venus par cars entiers (nous venions de fêter la naissance du centième), se sont rangés derrière le président de la République et la droite et la gauche réunies. Journalistes, éditeurs, attachés de presse, secrétaires, écrivains, mondaines, demi-mondaines, compagnes et compagnons de toute une vie, professeurs et parents des amis d'Augustin, jusqu'au portail, faisaient le reste. Le défunt n'était pas célèbre, il était aimé. Si la réussite s'estime au nombre de personnes présentes à notre enterrement, il eût fait, ce jour-là, la fierté de ses éducateurs. Combien, arrimés à lui par ce contrat invisible, dont l'affection se compte également en demi, et quart de siècle, aujourd'hui sont aussi veufs que ton auteur ?... Simplement ici le nœud est vital. J'écrivais par l'amour, j'aimais par l'écriture. Née en même temps à l'un et à l'autre, respirant du même souffle, comment pourrai-je encore, je balance au bout de la corde comme le pendu...

Chaque matin, comme en mon lit de jeune fille autrefois ma première pensée était : « Je l'ai rencontré », la première est : « Paul est mort », et ça ne veut rien dire, et tout le jour passe, la gueule hagarde, à essayer de comprendre... « Quelque chose de terrible est arrivé » à Paul, comme à Ivan Illitch, mais qu'est-ce que c'est ? Lui-même, reprenant le volant de sa voiture, le 27 mars 2002 à onze heures trente au sortir de chez le médecin, et le chemin en sens inverse pour rejoindre Augustin qui nous attendait pour déjeuner, il cherchait à structurer l'information : « D'aucuns diraient que cancer égale mort prochaine, martela-t-il. Mais, est-ce que c'est moi, ça ? » Quant aux nuits, ce moment de la vie que j'aimais tant, berceau du roman, creuset de l'imaginaire, elles sont atroces, je dois maintenant dormir la radio allumée contre l'oreiller.

Discrètement il s'en va, laissant
d'une part sa chatte endormie sur le
toit brûlant de ses rêves
d'autre part son gros stylo Mont Blanc
sur sa feuille blanche
dans une douce paix créative.

Pour toi, je ne sais pas, pour lui je n'avais que *cela*, au monde, à faire, et, dès le matin, ça m'était rappelé.

« Car la mort, entre eux, n'était jamais loin : lui, qui la souhaitait la plus tardive possible, la fourrait dans tous ses récits. Elle, l'attendait, s'en fichant, pour n'importe quand. Deux façons de vivre ensemble ce qu'il appelait le merveilleux, elle, le surnaturel. Par cette mort, l'un et l'autre ont été à peu près comblés : lui assez tard et subitement. Elle, plus tôt, mais peu après lui. Car Joseph Kessel vivait avec le sentiment que sa jeunesse lui resterait tant qu'il aurait souci d'une femme qui ne ressemblait à aucune de ses héroïnes. Elle avait la certitude qu'elle n'était pas une femme sans lui. »

Ces lignes, écrites par Paul dans *Le Quotidien de Paris*, au lendemain de la disparition de Michèle Kessel,

tandis que mon gros ange, revêtu d'un tee-shirt approximatif et d'une veste-de-grisaille, dormait à côté.

il m'a dit les avoir écrites aussi en pensant à qui nous étions. C'était cela, exactement. Sauf à n'être moi-même pour l'instant, morte qu'à demi… Oh Dieu, qui aujourd'hui 1er novembre 2004 sur cette terre peut, pour moi, quelque chose ? Vais-je après deux ans de silence, dix jours de : « Je cherche M. Ducousset, je ne le trouve pas » (ta secrétaire) et encore un an, surgir et m'abattre en larmes sur ton bureau ? Si l'écriture me tient au corps, si elle n'est pas un accident dans ma vie, si elle n'était pas du mimétisme, de l'obéissance ou une broderie en attendant Paul, s'il est dit quelque part au-dessus de ma tête que, épreuve ou pas épreuve, amour ou pas amour, j'ai encore quelque chose à dire, où cela a-t-il sa source ?

pour mitou et monsieur colin

virginie a 3-an et moi je vai avoire 7-an au moi de faivrillet
je déçu anvoillē la lêtre a père noël et il la pri quand on
ētē a la cuisine. je suis 6-e sur mon livré et jé retrouvē mē
jouet et ma chanbre et il pleu trē souvent a paris et je
regraite la canpagne les pré les petits veau le vent. et sē
triste a paris les auto font du brui et on na plu dirondelle dans
les nid et sē biento qu on fē le feu et jē rétrouvē mē petita
amis. et mon ēcole.

raphaëlle Billetdoux

C'était superbe, ça, non ?... La simplicité, la spontanéité, le constat et l'espoir dans la même phrase, le mystère, les éléments et les saisons, les yeux écarquillés, tout était là, je ne saurai plus faire aussi bien.

Tous les jours on voit des écrivains oser réunir en recueil leurs propres articles, je te propose solennellement, Richard, mes lettres d'enfant.

On y trouve entre les lignes mon moi intact tout entier contenu, le début de ce que j'ai donné après, et le secret du chemin perdu, la veine première, le précieux, la ferveur toute nue.

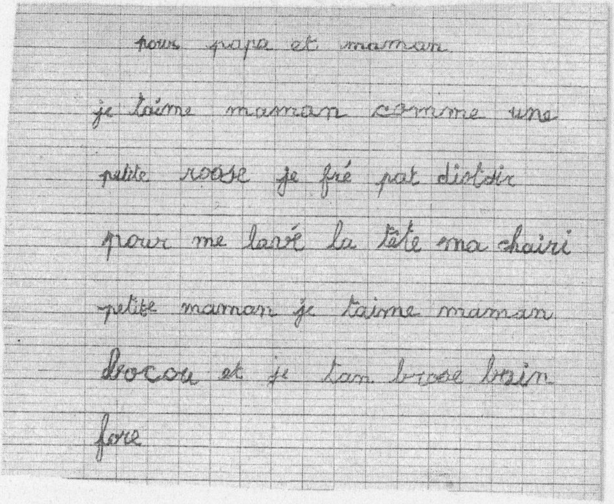
pour papa et maman
je taime maman comme une
petite roose je fré pat distdir
pour me lavé la tête ma chairi
petite maman je taime maman
bocou et je tan brase brain
fore

Mais quelle est cette règle qui veut que rien ne vaut d'être dit que ce qui *coûte* ?... C'est quoi « écrire », à la fin, cette pause intransitive, hors du cri, hors du rire, ce mot presque juron qui fait grimacer aux commissures comme qui va bientôt chialer, cet exercice, aussi périlleux que suranné, qui ne donne même pas droit à un billet SNCF de congé annuel à 25 % – « Artisan » ? « Profession libérale » ?, « Autre » ?... Qu'est-ce que je suis ? j'ai demandé, service Comptabilité. – Rien. Vous n'êtes rien. – Je coche « Autre », alors ? – Non plus ! Vous ne cochez rien ! Ça n'est pas répertorié.

Dans un monde de touches où tout est fait pour gagner du temps en fractions de seconde, n'y a-t-il pas maintenant un grain de folie à s'obstiner deux heures à chercher un mot : le mot juste ? C'est vous qui avez raison, continuez ! crie-t-on quand je m'inquiète… Alors quoi ? Et puis « Oh, comme il faut se monter le bourrichon pour faire de la littérature, et que bien heureux sont les épiciers ! » (Flaubert).

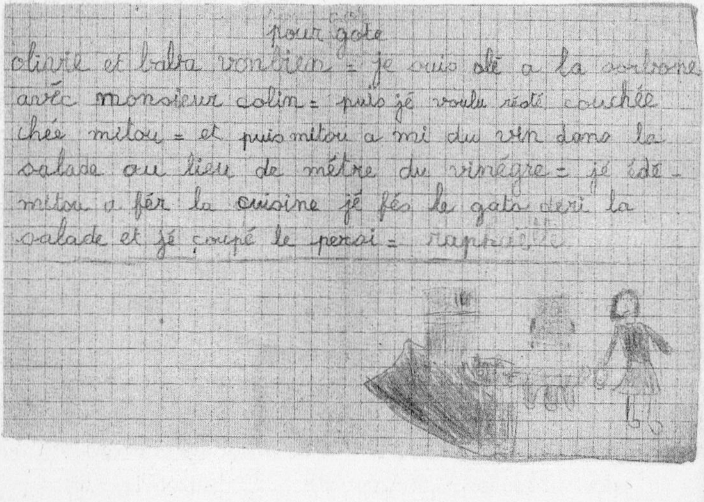
pour gato
olivie et balta vontbien = je suis alé a la sorbone
avéc monsieur colin = puis jé voulu résté couchée
chée mitou = et puis mitou a mi du vin dans la
salade au lieu de métre du vinégre = jé édé -
mitou a fér la cuisine jé fés le gato deri la
salade et jé coupé le persi = [illegible]

Mais qui a dit qu'écrire bien, c'est ne *rien* dire, ne rien chercher à dire, à l'intérieur de ce qu'on dit. Juste, dire… Faire « pat distoir », « le gato deri », « le persi », c'est tout…

Mais quoi, aussi, dans ce qui est *à dire*, pourquoi ceci plutôt que cela, où tailler, où frapper, dans l'épaisseur du jour ?

Et pourquoi, aussi, *faut*-il le dire ?

Moi je dis : qu'ils dorment
ceux qui ont quelquechose à dire
à ce siècle.
Qu'ils dorment tranquillement,
pieusement, dormitivement,
en attendant de le dire

Tu trouvais comme au matin de Noël, au réveil, ces traces de lui près du café et des biscottes… Oh, quand sont apparues les triscottes ! Trois fois cuites… Le sort, le feu d'artifice qu'il a fait à ce mot nouveau ! Comme une souris vivante, le triturait, le démembrait, le lançait en l'air, le reprenait, lui a fait de tout… Quand des mots en ou, en ga, en be, en bi, en ra, en ri, en ixe… venaient le surexciter, il s'acharnait, il y en avait pour tout le samedi. Ainsi, de Raphaële, dès le début des années 70, est née Rate, raton, la rate, ma Rate, Sa Rate, mon gros rat, ratoune, c'est la rate, Sélarate, scélérate… prétexte à toutes les déclinaisons parce qu'il trouvait que je longeais les murs, puis, dans un grand cri Rax qu'il disait pousser chez lui, tout seul, pour se détendre.

De Rax, aussitôt après dans ma bouche, est né Roux (prononcer le x), à cause de ses cheveux.

En dehors du *tu*, exceptionnel – tellement privé qu'il nous faisait mal, ou nous effrayait mutuellement, quoique associé toujours, pour l'adoucir, à la troisième personne du singulier –,

Il l'embrasse.

tu sais-é-é

T

… associé également, en écho à une énonciation troublée, à une orthographe presque toujours déformée :

20 LE MAT

LE GRAIN DE FOLLY

Il embrasse Sarate, tu sé...

Biquet et le Comte font assaut de culture

chambre, j'é
pluie sur le
presse locale,
Caraïbe inte
dînons tous en
Mardi : dar
emporte vers
fleurs, Biquet
de dames.
Dans la corre
Drouet on ap
un pingre, el
pour avoir de
bois. Il ne la s
elle était prête
« Et la duch

… en dehors de ce *tu*, donc, et en dehors du *vous*, en usage jusqu'à la mort, un *vous* qui – comme pour Jean de Boschère, le poète Milosz : « Entre nous, Milosz, régnait le vous de velours, le vous de l'identité enveloppante qui donne la confiance dans l'entière dimension du cœur » –, pour moi, nommait Paul absolument, nous ne nous sommes plus jamais appelés autrement.

Roux
salue
RAX

Par la grâce seule de ces surnoms, assez vite après ses premiers mots : « Que faites-vous là ? » et les seconds : « Mon Dieu que vous êtes jeune ! », a pu s'écouler l'effroi de nous connaître.

Le général de Gaulle, aussi, a révélé son fils l'Amiral, quand il se voulait affectueux, parlait à Yvonne à la troisième personne du singulier : « Elle a froid ? Elle souhaite que je ferme la fenêtre ? » Je crois bien qu'également ils se vouvoyaient.

« Elle a fait son escargoooot… cette nuit !… », ça voulait dire, dans notre langage, que j'avais pleuré. Toute jeune, je pleurais beaucoup la nuit en dormant. D'une gaieté d'enfant, lui, pendant ses insomnies,

Roux réveillé ce matin à 6 h.
L'insomnie persévère.
Il embrasse Sarah.

on l'entendait tout à coup pouffer de rire tout seul dans l'obscurité : une image de Benjamin Rabier, des animaux de la ferme, revenue de sa huitième année, ou l'anecdote de la dame après la guerre venue acheter des œufs à sa grand-mère. Il voulait jouer, raconter… Agité depuis un moment, quand enfin, du lourd sommeil à côté de lui montait le premier sanglot, tout content il se sentait autorisé à m'attraper sur le drap comme, adolescent, il attrapait dans la prairie son chien Argos et comme il attraperait, plus tard, biberon, nana, lapin tout en un, le petit corps chaud de son bébé. Je dis tout, je m'en fous, je dis tout, c'est ça qui vient, ça vient, on verra plus tard pour la transcendance. Ce n'est pas parce que c'est du brut que c'est forcément du mauvais, c'est autant dont je ne peux faire l'économie qui sera épargné plus tard à des lecteurs, un éditeur, ça sert aussi à ça non, si ça ne sert pas à ça, à quoi ça

Je te prie de m'excuser.

Quand je sais tout de la désadaptation nécessaire pour l'infra-vie – que la dépression précède la création, que l'œuvre naît de la blessure, qu'il y a du grand à venir du pire, qu'on n'écrit pas les livres qu'on veut, qu'on ne vit pas les amours qu'on veut, qu'on ne fait définitivement pas ce qu'on veut, qu'il n'y a même pas à vouloir, que rien n'arrive jamais comme on a prévu, qu'il faut encore descendre, descendre encore, plus bas, toucher le fond, attendre, attendre encore, gagner du temps sur le rien –, et tout sur les écrivains dans la transition – le remaniement, la métamorphose par les épreuves et les déserts (mort, mort des enfants, bagne, exil, prison, maladie, folie, ruptures, ruptures à tous niveaux) –, il reste mon ambition de toujours, devenir escargot : informations par les sens, bonheurs stomacaux, expression nulle ou égale à Dieu, homme et femme à la fois, et mon toit sur le dos.

Celui qui n'est plus dans le mouvement, plus sous le regard de personne, plus vu, plus nommé, celui qui n'a pas d'autre tâche, sur terre, que demeurer en place, attendre, s'attendre, ruser avec soi, s'en remettre tout vif au bon vouloir de son inconscient, sans appeler, sans être joint, sans fuir, sans se fâcher, sans boire, se shooter à sa propre odeur, s'endormir, se lever, faire sortir une mouche, s'apercevoir dans la glace, entendre le bruit que fait sa vie seule dans sa bauge, des jours, des semaines, des mois entiers à, délicatement de peur qu'il se rebiffe, interroger cet inconscient sur les « bonnes raisons » qu'il a de se refuser à lui, celui-là, à aucun moment, ne se dit : « Je suis un écrivain », il se dit : « Je suis une pauvre chose, un bientôt dingue, un anormal… » Il se dit je suis fini, il a honte, il se dégoûte…

20 novembre 2004

Essayé de retrouver le chemin ou le goût de l'écriture. Regardé le Goncourt debout à la FNAC. Titre : *Le Soleil des Scorta.* Première ligne : « La *chaleur* du *soleil* semblait fendre la *terre.* » Quatrième ligne : « La pierre gémissait de *chaleur.* » Sixième ligne : « Il était impossible de croire qu'en ces *terres*, un jour, il avait pu pleuvoir. » Onzième ligne : « Il était deux heures de l'après-midi et la *terre* était condamnée à brûler. » Treizième ligne : « Un *âne avançait lentement.* » Il n'y a pas que l'âne. Quinzième ligne : « Rien ne venait à *bout* de son obstination (l'âne). » Dix-neuvième ligne : « Hébété de *chaleur…* » Vingt et unième ligne : « Au *bout* de cette *route* ». Vingt-troisième ligne : « *Lentement*, *mètre* après *mètre*, l'*âne* engloutissait les kilo*mètres.* » Fin de la première page.

Deuxième page, troisième ligne: « Des mots qui s'évaporaient dans *la chaleur.* » Quatrième ligne: « Rien ne viendra à *bout* de moi. » Septième ligne: « Je suis en *route* et j'irai jusqu'au *bout.* » Dixième ligne: « Au détour d'un virage, la *mer* fut en *vue.* » « Nous voilà au *bout* du monde. » Dix-huitième ligne: « L'apparition de cette *mer* immobile brillante de *chaleur.* » Vingt-quatrième ligne: « À perte de *vue*, il n'y avait que collines et *mer* enchevêtrées. » Vingt-septième ligne: « À moins qu'il n'ait *reculé.* » Vingt-huitième ligne: « Il a *reculé jusque* dans la *mer* (le village). » Trentième ligne: « *Jusqu'*au *bout*… J'*avance* comme l'*âne* », etc.

C'est sorti chez qui, ça ?

Toi, les autres éditeurs, les représentants, les libraires, les journalistes, les bibliothécaires, les lecteurs, les jurés, les lycéens, les étrangers, je ne sais pas… Moi, je peux pas.

C'est de la *colère* noire, de la *colère* pure, avant la page deux.

17 décembre 2004

Indescriptible solitude. Que faire de moi. Où mettre mon corps.

Fuite dans le sommeil. Rêves épuisants. Cette nuit, encore, il faisait trop chaud. C'était un monde où il faisait trop chaud. Des abeilles apathiques traînaient en plein hiver… Jaillies de trains anarchiques, des hordes humaines se coulaient vers les sorties… Plus vite, plus vite, me disait-on, mais pour arriver où… Arriver, était-ce pas, déjà, arriver jusqu'au soir ?… Quand on avait la chance d'être en vie, pourquoi en précipiter le rythme, et en hâter la fin ? À qui profitait le temps gagné ?… De la rue, le soir, qui venait couvrir les nouvelles des États voyous, des fous de Dieu, des crimes de mer, des forêts en feu, des enfants violeurs, on entendait monter les rires paroxystiques, les emportements subits…

Plus inexplicables que jamais, les femmes avaient des insomnies, des larmes, des exigences inattendues… Sentimentales, romanesques, mal réglées, de drôles de filles à cul d'insecte, comme on n'en eût jamais croisé ou même imaginé il y a deux siècles, avaient éclos. On ne pouvait plus gagner le bord de mer en été, les agents de voyages, des jeunes gens excédés qui s'aimaient entre eux, les yeux à fleur de tête, étincelants et cernés, ne servaient plus que les amis de leurs amis… Tout le monde, toute la journée, disait : « Bonjour ! », « Bonjour ! », mais les jours étaient de pire en pire, et ça n'avait pas de sens… Dans tous les milieux, la politique, la finance, l'agriculture, la coiffure, la mode, la presse, l'art, la littérature, la justice, la médecine, les gens étaient lassés d'eux-mêmes et des autres. Chacun sur tapis rouge pouvait monter les marches de la gloire dans un tonnerre d'applaudissements, et redescendre de l'autre côté dans sa misère. Les livres, les films, les spectacles étaient des succès avant d'être sortis. Les procès étaient gagnés ou perdus avant d'être jugés. Les œufs de Pâques étaient vendus avec les boules de Noël. La gloire était mascarade, la joie était mascarade, l'amour était mascarade, l'admiration était mascarade, la prévention était profit, bien couillonnée était la jeunesse. Il aurait fallu le renouvellement instantané d'au moins trois générations pour que, se côtoyant, s'écoutant, se lisant, les gens ne partageassent plus en leur tréfonds cette sensation, non pas de déjà-vu, déjà-vécu, mais de trop vu, trop connu… Si quelques-uns, le soir, faisaient l'effort encore de « se voir », les mots qu'ils avaient entendus, en restant à la maison, songeaient-ils au retour, pour bien moins de temps, moins d'énergie et moins d'argent, ils eussent pu les entendre tout pareil, car ils n'étaient pas différents de ceux qui avaient été prononcés la veille ou dans la journée, à la radio et à la télévision. Si bien que, de plus en plus, on réclamait des indemnités pour être né. Seuls ceux qui espéraient encore passer une bonne soirée, en dépit des avertissements, s'élançaient vers leur voiture. Quand montaient les premiers klaxons, on pouvait, bien au chaud derrière ses rideaux, les voir dans leur carrosserie arrêtés quelques mètres plus loin au milieu de véhicules immobiles : jusque tard dans la nuit, aux lueurs du feu vert, puis rouge, puis vert, ils ne pouvaient plus sur eux-mêmes que remuer la tête, à droite et à gauche, et se dire, à travers les portières : « Paix sur la terre… »

Et, je me réveille, et ça continue. Impression que les hommes sont déçus par les femmes, que les femmes sont déçues par les hommes, que les parents sont déçus par les enfants, que les enfants sont déçus par leurs parents, que les professeurs sont déçus par les élèves, que les élèves sont déçus par leurs professeurs, que les médecins sont déçus par les malades, que les malades sont déçus par les médecins, que les prévenus sont déçus par les magistrats, que les magistrats déçoivent les prévenus, que les journalistes sont déçus par les écrivains, que les écrivains sont déçus par les journalistes… que mon ange, en premier, est déçu par moi qui ne fais rien, que moi-même je suis déçue par mon ange qui m'ignore, je suis posée sur la chaise devant la table, il est onze heures du matin, le temps s'écoule, la terre tourne, la recherche progresse, les avions s'envolent, l'argent passe de main en main, on vend, on achète, on revend, on a rendez-vous, on se déplace d'un point à un autre, on se rencontre et on fait affaire, la nuit vient, je suis toujours là, ne fais partie de rien, nul ne me demande rien, nul n'attend rien de moi et moi, je n'attends rien de personne, sinon de moi…

Il n'y a pas une église où courir, pas un bistrot où aller, pas une porte où frapper pour demander protection ou m'entendre dire, par quelqu'un de crédible, que je suis une artiste.

Je ne peux pas écrire si d'abord on ne m'a pas redit que je suis une artiste. J'attends la voix tombant d'en haut qui me passera commande, comme à la jeune fille que je fus, une commande autre que pécuniaire, une commande magistrale…

Quand Paul n'était pas là, il était là quand même, il était là encore. Quoique élevé par une mère qui disait que c'était péché que de vouloir ajouter quelque chose à la Création, un soir il arriverait dans son imperméable vert, il viendrait relever les pages sous mon coude comme les œufs trouvés sous la poule, les emporterait de son pas calme et sévère pour la secrétaire. Il était, pour moi, en période créative, le bruit que fait la mère dans la pièce à côté, le rai de lumière sous la porte. Et, vivant entre les vivants, le premier humain vers qui revenir…

Ainsi, en 1976, à propos de *Prends garde à la douceur des choses* :

« Ce qui est particulièrement réussi dans votre dernier-né, c'est que, pour la première fois, vous ne posez pas la question directement (la Jeune fille en silence*) ou à travers une seule expérience d'un seul personnage (*L'Ouverture des bras de l'homme*) mais en faisant glisser l'expérience des uns sur celle des autres. Ici le rapport est absolument parfait, la langue au plus juste, sans un mot à ôter… Je dis cela de haut, en vitesse, pour ce qui*

m'apparaît de la ligne que suivra désormais, à mon avis, votre écriture : ce ne sera pas, comme on aurait pu le croire, une suite d'états psycho-chronologiques (la petite fille, la jeune fille, la femme amoureuse, la mère, etc.), dont vous poursuivez la métamorphose. Je crois que ces états-là ne sont, ne seront que des révélateurs, des conditions, des environnements, bref des accidents, dont vous vous servirez à loisir pour encore chercher, demander, questionner, sans réponse connue, l'être, comme fit donc M. Heidegger qui vient de nous rendre l'âme… »

Attentions, encadrement délicat et constant, imperceptible, mais ferme inclinaison des jours, sélections d'articles découpés dans les journaux, sans aller jusqu'à la disposition de la chaise et du papier, tout était, au fond, préparation du nid pour cet avenir unique, cet avènement qui, un jour, de moi, mais aussi de l'un ou l'autre de ses amis, allait avoir lieu : un livre. Faute de pouvoir en produire un lui-même, « ce n'est pas ma distance », disait-il – B.H.L. l'a-t-il assez supplié –, il s'en faisait le protecteur. À croire qu'il n'avait parcouru le chemin de sa campagne pluvieuse et désolée aux lumières de Saint-Germain-des-Prés que pour cela : vivre, aimer – le premier fut Kessel –, respirer par les êtres qui écrivent. Avais-je quelque angoisse locale, y avait-il du bruit ou des travaux près de la chambre où je logeais alors, le refuge était prêt et, canal pour la pudeur, à la troisième personne du singulier.

Rat a-t-elle bien travaillé ? [illegible]

Ce trente mètres carrés, six étages au-dessus du flot des voitures du boulevard Saint-Germain, à la trouée joyeuse de la rue du Four, m'inspirait comme si c'eût été l'abbaye de Port-Royal ou le bureau plein ciel à Jersey… Quotidiennement revu et corrigé par le soleil et les humeurs de la lumière, meublé seulement d'un lit, d'une sombre commode qu'il ne fallait pas ouvrir à peine de, comme la femme de Barbe-Bleue, tomber inanimée, de livres entassés sur une cantine, d'une bergère laissée par une maîtresse des années soixante, et d'une table de jardin pliable en fer-blanc, l'esprit y habitait… Le samedi, le dimanche, comme les deux frères du boulevard Montparnasse de mon enfance dont l'un devait rester à la maison quand l'autre était sorti car ils n'avaient qu'un pantalon pour deux, lorsque Paul était à la table, j'étais dans le lit, et inversement, à tour de rôle. Sa plume de jeune journaliste, dans les premiers temps de son entrée au *Quotidien de Paris*, était à la fois libre et laborieuse, le manque de confiance et le pressentiment, en même temps, du grand style dont il était porteur, quand il ne me réveillait pas pour soumettre l'écrit tout chaud à relecture, lui valaient, parfois, ou d'être taxé d'hermétisme ou des écarts fous. Au risque que ce soit au détriment du temps que tu pourras consacrer à cette lettre, je te joins aussi pendant que j'y suis un échange épistolaire savoureux avec Giroud, qui n'attend plus que de tomber avec le reste dans le néant.

Le Secrétaire d'Etat
auprès du Premier Ministre
(Condition Féminine)

Paris, le 7 août 1975
72, rue de Varenne, 75700
556.80.00

SP/NJ

Monsieur,

Je vous serais reconnaissante de me faire savoir :

• le nom des témoins qui m'auraient vue « égarée » à la sortie de l'Élysée,

• les paroles que j'aurais, selon vous, « démenties » au micro de Radio-France,

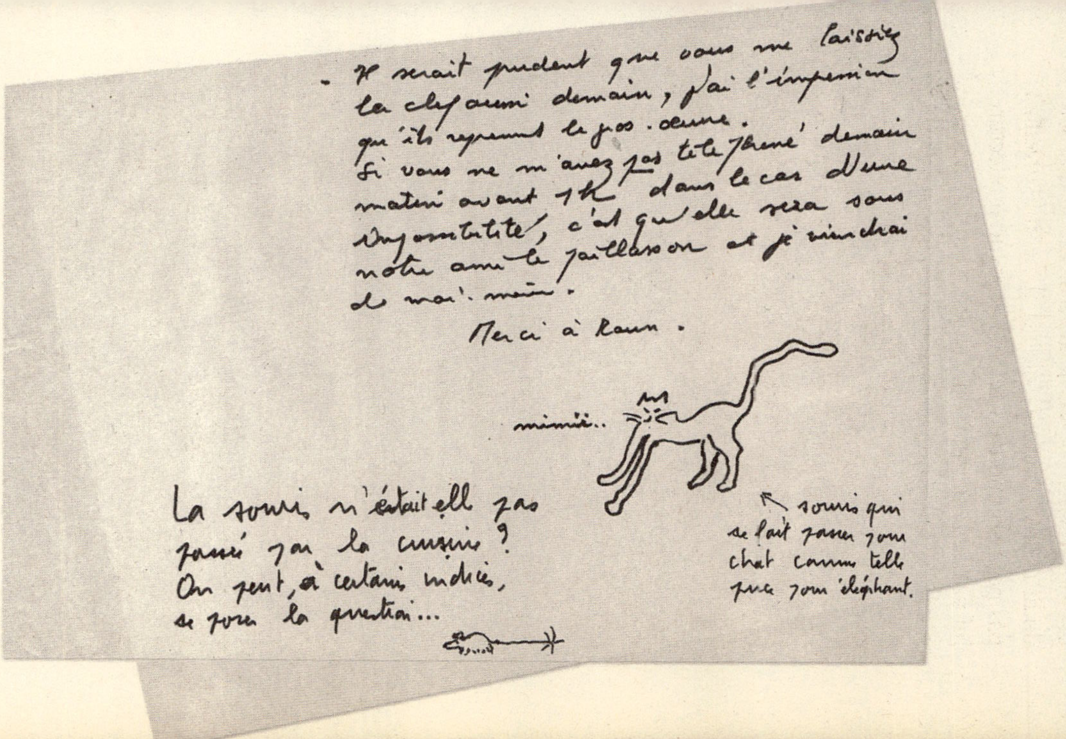

– Il serait prudent que vous me laissiez
la clef aussi demain, j'ai l'impression
qu'ils reprennent le gros-oeuvre.
Si vous ne m'avez pas téléphoné demain
matin avant 9h dans le cas d'une
impossibilité, c'est qu'elle sera sous
notre ami le paillasson et je viendrai
de moi-même.

Merci à Raun.

La souris n'était elle pas
passée par la cuisine ?
On peut, à certains indices,
se poser la question...

• sur quelles informations vous fondez ce que vous écrivez de ma « déception ».

N'y voyez que le signe de l'intérêt que je porte à une profession qui fut la mienne. Je désire, en effet, insérer votre article dans un ouvrage sur la presse française contemporaine.

Veuillez agréer, je vous prie, Monsieur, l'assurance de mes sentiments les meilleurs.

Françoise Giroud

Paris, le 12 août 1975

Madame,

Je réponds volontiers à votre demande d'informations.

1. Il est vrai que plusieurs personnes qui vous ont vue à la sortie de l'Élysée vous ont trouvée, selon leur vocabulaire, l'air soit absent, *soit* un peu désorienté, *en tout cas* pas en forme. *Ce qui est leur droit. Mais je n'aurais pas rapporté ces impressions particulières, pas plus que je n'ai aujourd'hui à vous désigner ces personnes, si l'impression d'ensemble n'avait fait l'objet de com-*

mentaires radiophoniques, provoquant même une question de Radio-France à ce sujet, à laquelle vous avez spontanément répondu : « J'étais tout simplement accablée par la chaleur. »

Quant au mot égarée *qui semble vous surprendre, je l'ai utilisé, en le rejetant d'ailleurs, dans son sens racinien que m'inspirait le ton de votre déclaration à Radio-France, et nettement souligné par le titre de l'article. Peut-on écrire en français ? Je vous ai lue autrefois usant largement, et avec un rare bonheur, du droit à la métaphore.*

2. Je n'ai jamais écrit que vous ayez eu à démentir vos propres paroles. *J'ai écrit* démentir *tout court. Quoi ? Ce qu'exprime la phrase précédente : une attitude fondée sur des rumeurs. Vous l'avez démentie, en donnant même une explication. Je la rapporte. Est-ce assez clair ?*

3. Sur la déception *que je vous attribue, il est entendu que je n'ai reçu de vous aucune confidence. Je n'y prétends d'ailleurs à aucun moment. Mais depuis quand un journaliste doit-il se limiter aux seuls propos sortis de la bouche des ministres pour commenter leur conduite des affaires publiques, expliquer leurs réussites ou leurs échecs ? Observez que le mot* déception *a d'abord été employé par vous* (ni déception ni désappointement) *pour rejeter à votre tour une impression qui aurait pu ressortir de votre entretien avec le Président et que je ne reprends sûrement pas à mon compte : j'écris même le contraire.*

Mais si je reprends l'idée, c'est pour l'appliquer à un terrain et à un débat plus profonds. Et loin de la jeter en l'air, je m'efforce de la soutenir d'une réflexion, qui fait l'objet de l'article. C'est, semble-t-il, mon droit, qui est aussi celui de me tromper. Si je l'ai fait, vous avez, vous, la possibilité de contredire mon jugement dans les colonnes du Quotidien de Paris, *qui vous sont naturellement ouvertes.*

Je vous prie d'agréer, Madame, l'expression de mes respectueux sentiments.

Paul Guilbert

Le matin, était-on réveillé, aussitôt il riait ou faisait rire !

Était-on dans l'inconscience, il disparaissait sans bruit, non sans avoir laissé, entre le poêle éteint encore tiède et la cafetière allumée, de ces petits mots où les références au sommeil, à la chaleur, à l'innocence, à l'animal, étaient infinies…

Le soleil de Saint-Germain brûlait le velours jaune de ses rideaux qui pendaient par lambeaux, la glace portait encore la buée de sa douche, le gros cendrier argenté était encore plein de ses cigarettes du petit jour, la difficulté qu'il avait eue à écrire son article planait encore en brume dans la pièce, la clef détachée de son trousseau pour la journée, à remettre dans la boîte aux lettres, était en évidence sur la commode, il était parti vivre, il n'y avait plus, en se levant, qu'à boire chaud, et à écrire…

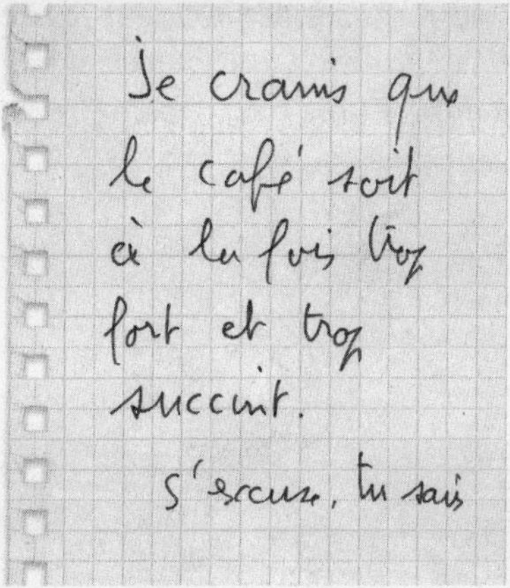

Quel homme, pour quelle femme, a fait ça ? Un homme, n'est-ce pas d'abord, profondément, archaïquement, quelqu'un qui veut la femme pour soi ?… Pourquoi faut-il qu'à toutes choses il y ait une explication : de femme, pour soi, tout le monde le dira, il n'en voulait pas. Est-ce pour cela qu'invariablement il me remettait au travail, me dirigeait vers le bureau plutôt que vers le lit ou la mairie, et ne me craignait jamais tant qu'entre deux romans ? « Oh, tu as cru, Blanche, que je voulais te mettre dans la maison ? Mais, je le sais, tu sais, qu'on s'embête dans les maisons ! », c'est le cri de Lucas, dans *Mes nuits sont...*, c'est mon sujet d'étude depuis que je suis enfant, c'est l'intuition que nous partagions : l'amour, l'amour doit rester à la rue, non logé, inquiet... Mot trouvé très tôt dans les livres pour nommer le contraire d'une épouse, à la question : « Que veux-tu faire, plus tard ? », toute petite fille déjà, je criais : « Courtisane ! »

Cependant, inapte de naissance à créer « la maison », toute création-réalisation personnelle de la femme à ses côtés n'était-elle pas le pendant, le dédouanement indispensable de ce qu'il vivait comme une culpabilité et une infirmité ?

« Je sais aussi que votre main tente désespérément de me faire franchir ce mur. Je sais encore que c'est moins de temps que d'attention que vous avez besoin, de ma part. Car ce problème d'attention – qui n'est pas un problème d'affection – commande tout : c'est l'inattention à moi-même qui provoque en moi l'inattention à vous-même et au monde, tandis que je ne survis qu'en légèretés. »

Le pauvre !... Alors que c'est sa résistance aux conventions, précisément, qui a autorisé chez moi, toute jeune, le style de la vie, l'affirmation profonde, et que, livre après livre, obsédante, c'était aussi ma question : que faire, avec un autre, dans une maison ?

« – Elle : "Dans cette maison, je mourrai debout... Tu ne fais que passer... Dans cette maison, tu ne vis plus... que pour baiser, manger, dormir..."

– Lui : "Que faire d'autre, dans une maison ?" » (in *De l'air*).

Que faire de l'autre, dans la maison ?... Une fois le corps apaisé, nourri, reposé, l'amour, sous toutes les formes, témoigné, si on ne travaille pas pour lui ou avec lui, si l'on n'est pas de ceux-là dont l'union est l'identité finale (Richard et Cosima Wagner, Pierre et Marie Curie, Renaud et Barrault), si on n'en a pas profité pour se démettre de sa charge et de sa fonction, que faire, oui, de cet autre, qui est là, avec sa vie, pour qui, très vite comme pour soi-même, l'existence et la nécessité tragique de s'occuper individuellement reprennent tout leur poids, l'autre, qui a des yeux, et qui vous *voit* ?

Comme si Paul savait que la présence-absence était plus colorée, plus emplissante, plus durable, plus lumineuse que la présence-présence, il m'a gardée, à vie, de la célèbre déception amoureuse.

Devant l'exigence de ranger les papiers pour faire la place aux couverts, de venir dîner parce que c'est chaud, de venir se coucher parce que c'est l'heure, de rester visible et agréable parce qu'on est dimanche, de paraître et de converser parce que sinon ça sert à quoi d'être deux, la littérature en général, certainement, a beaucoup perdu.

Ai-je écrit parce que l'amour me laissait un temps fou, ai-je aimé parce que l'amour – cet amour-là – n'était pas dangereux pour l'écriture, ça m'a convenu, ça m'a convenu ! J'ai écrit parce que l'amour est tout sauf une fin en soi, et que cela, les gens intelligents le savent. Nous pensions pareil, nous dormions pareil, respirions pareil, nous voulions le mieux l'un pour l'autre, c'est-à-dire la liberté ; nous étions deux écrivains confus de leur attachement, qui s'en excusaient l'un auprès de l'autre, *Ich hatt' einen Kameraden / Einen bessern findst du nit… / Er ging an meiner Seite / In gleichem Schritt und Tritt !*

Enferme-t-on une force-de-jour, un vent de printemps, un oiseau chanteur ?…

« *Avant de clore*, avait-il écrit dans sa toute première lettre, postée le jeudi 2 septembre 1971, de Banyuls, *je vous envoie ceci que, égoïstement, je me désespère de ne pas tenir sur moi, dans mon sommeil, vos plaintes, vos rêves, votre vie…*

Que je souhaite vivement que vous soyez à Paris, dans votre effervescence, un peu simplette.

Que vous ayez des nuits si bêtes et si creuses que de véritables œdèmes vous rongent le dos, d'inconfort, d'agitation, de nullité.

Je vous embrasse comme on ne fait plus. »

Ce n'était pas colère feinte… Tout, de sa terreur originelle, était dit. Mais il faut une vie, pour traduire et entendre cinq sur cinq la langue de l'autre. Colère, panique, révolte, insultes, furieux de se trouver tel le lion dans les rets, par-delà la manière absolue de se démarquer des godelureaux de mon âge, l'inversion, chez ce littéraire, des symptômes convenus de l'amour, a eu pour effet pervers d'être, pour qui j'étais alors, le mode d'approche le plus intelligent qui fût. Les amoureux geignent, les amoureux réclament... Quand on a dix-neuf ans seulement et trop, déjà, de sa propre vie, les amoureux vous offrent la leur en surplus... Lui, le ton grand, le verbe fort, traitait en paysan venu de loin apporter sa bête unique, objet de toute une vie, à la négociation, et prêt à repartir...

« Je cherche dans mon histoire, pourquoi vous maintenant, alors que tant d'autres qui vous valaient furent englouties. Question stupide.

J'envie votre apparence de certitude.

J'envie votre pouvoir de silence, de dissimulation ou de force, que sais-je ? Que sais-je de vous ? Je vous en veux de me donner à croire, implicitement, que je vous conviens. Que savez-vous de moi ? Votre air de sécurité est indiscret, insolent. Certes, j'ai convenu, je peux convenir à plusieurs ou pas du tout. Mais celles-là avaient vécu, ou ne s'essaieraient aujourd'hui à parler, à juger, que parce qu'elles ont vécu. Vous pas. Vous ne dites mot. Vous vous prétendez supérieure à l'expérience, à l'épreuve. Et, si c'est vrai, je dois bien admettre que vous avez raison de procéder ainsi. En réalité, vous êtes insupportable. »

Comme à l'annonce de la maladie mortelle où j'ai vu chez lui tout à coup réapparaître la même force de mobilisation épouvantée, il allait ne pas cesser, d'abord, de battre et de batailler, c'était affreux à voir et, là non plus, je ne pouvais pas l'aider.

« J'ai peur, je l'avoue, de cet animal permanent. J'ai peur, à cause de lui, de ne plus aimer le monde comme il m'aime en ce moment, et de perdre même, suprême disgrâce, le pouvoir de vous le donner à aimer.

J'ai peur que vous ne soyez rien dans le temps même où je sens que vous êtes peut-être tout. »

Etc., etc… nul ne s'est défendu plus. Des semaines, des mois entiers, allant et venant à grandes enjambées, tout haut devant moi il disputait, seul, de la suite de *sa* vie, pesant le pour, pesant le contre – « Vous avez les yeux noirs, je le regrette », « Vous n'êtes même pas du Midi, je le regrette » –, puis, prenant sa voiture, s'en allait dire adieu aux champs, aux arbres, aux maisons de son enfance, à tout ce qu'il avait, depuis trente-huit ans qu'il était sur la terre, ou aimé ou conquis… pour revenir, comment crois-tu ? Eh bien, maudissant sa maladive irrésolution, plus fracturé, plus divisé encore…

« *La vérité* (il écrit de Banyuls) *est que je suis affreusement désemparé, malheureux, insignifiant de ne pouvoir vivre ici sans vous. N'en tirez aucune gloire. Je me suis mis en peau de ne plus aimer, les choses, les gens, en votre absence. Cette faculté, sauvée contre vents et marées, tirée du naufrage de la Picardie, de Paris, de quelques entreprises, et dont j'ai un brin de fierté, Seigneur, je suis assez bien doué pour vivre, tout le monde me l'a dit, je l'ai voulu, je le crois, voilà que je la perds…*

J'analyse, je me retourne dans tous les sens : fort de langage, flatté par vous, je me suis mis en tête et en cœur, et sans tricherie, de faire de vous une nécessité. Soit. Et j'attendais une maturation de cela, d'un pas de paysan, qui aille avec le train du monde. Or, me voici dépassé, devancé, bousculé par ma propre intuition, dans les pires circonstances qui soient. Sans que j'en prenne conscience – mais n'est-ce pas folie que prétendre rester aux aguets dans ces matières –, je me suis décomposé trop vite, sans doute pour me reconstituer avec vous. Je dis sans doute, car je n'en sais plus rien. Toujours est-il que, éloigné du réseau d'affections, d'amours et de signes qui est le mien, tout cela, ma chère, qui fait une vie, et précipité dans ce pays où, nulle part ailleurs, je n'ai si fortement senti le rapport des êtres et des matières, un tel pays qui, toujours, miraculeusement, m'a mis en congé de moi-même, a bousillé mon passé et m'a forcé de vivre de la plus immédiate et merveilleuse façon, je m'y sens dépaysé – c'est le comble –, étranger, pis qu'en pays étranger, sans la moindre relation avec qui ou quoi que ce soit... Insignifiant, vous dis-je.

Et d'apercevoir, par la même occasion, que je me suis vraiment arrangé, de toute éternité, pour n'être point seul... Qu'ai-je cherché d'autre, sinon des médiateurs, des médiations. Ce bonheur de Collioure, de Banyuls, que la route me promettait – à ce point que j'avais conscience, vivant cette attente, de posséder un pouvoir d'existence que je jurais bien qu'aucun autre homme au monde ne pourrait vous le donner –, tout le jeu du ciel et de la terre, des passés et des présents que je crois détenir si bien, et pouvoir donner, je dois convenir qu'il est fabriqué des gens, des rencontres et des lectures, des amis, des femmes qui, à toutes les étapes géographiques, me l'ont transmis...

De penser à vous ne me rassure pas. D'abord parce que je me méfie, par principe, du mal de l'absence qui ne provoque rien de bon et ferait plutôt penser et sentir de travers... Que vous soyez la plus belle qui soit au monde, je le veux, je le sais, je l'accepte, mais c'est cet aveu fait à moi-même qui m'épouvante...

Je plaide contre vous de toutes mes forces, comme vous voyez, mais vous ne me voyez pas, et c'est ce que je vous reproche. Car, n'en doutez pas, je suis seul à cause de vous.

Puisque vous ne daignez même pas vous rendre supportable par un peu de présence, je suis bien décidé, soit à me remettre à aimer la mer, et tout ici, par tous moyens que je trouverai à titre d'expédient, soit à rentrer à Paris comme seul endroit où je puis, je crois, vivre encore sans vous pour l'instant. »

Quelle était la pierre d'achoppement ? Ce corps, ce corps enfantin, ce corps sans passé, intouché qui était le mien, qui, à lui, se proposait simplement et sans questions.

« *C'est moi qui, apparemment, ai commencé en voulant faire de la* nécessité. *Or justement les demi-mesures ne sont pas les vôtres. Et vous êtes ainsi faite que me donnez l'idée de ce que je puis faire, et de vous et de moi, assez haut dirait-on, ce qui ne va pas sans quelques précautions à prendre au passage des temps ordinaires…* »

Cette idée qu'un homme fait quelque chose d'une femme… As-tu fait quelque chose d'Isabelle ?… Mon père, mon grand-père, mes ancêtres pour s'y être joints ont-ils fait quelque chose de ma mère, de ma grand-mère, de mes aïeules ? Cette idée, galante dans l'imaginaire des uns et des autres, a-t-elle fait assez de mal en accablement pour les uns, déresponsabilisation pour les autres… Et aurais-je dû, pour donner à ce libertin de trente-huit ans une chance de faire quelque chose «*et de vous et de moi*», selon ce rêve tout littéraire remonté du fond des âges qu'il y avait accroché, garder mon corps ?

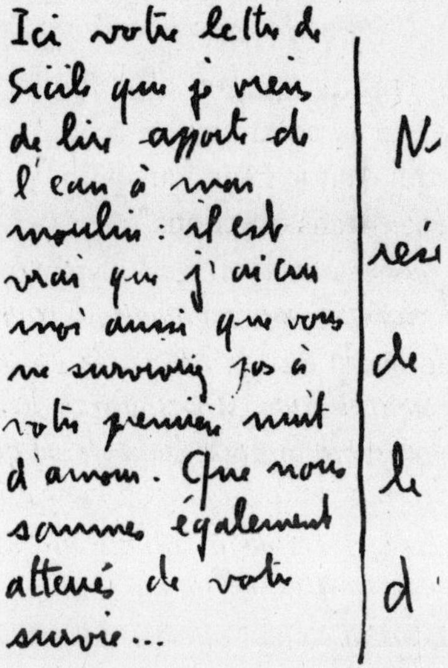
Ici votre lettre de
Sicile que je viens
de lire apporte de
l'eau à mon
moulin : il est
vrai que j'ai cru
moi aussi que vous
ne survivriez pas à
votre première nuit
d'amour. Que nous
sommes également
altérés de votre
survie...

N
rési
de
le
d'

Sans autre sacrement finalement que ce que par nous-mêmes, sur ce petit lit de quatre-vingts centimètres de ma première chambre rue d'Assas où j'ai demeuré six ans, il fut mis de sacré et de sacrilège, c'est avec le temps seulement, «mon vieil allié», et sur le ton de la défaite qu'il put exprimer enfin ce par quoi, de terrible, il était passé...

«Retrouvant, ou croyant retrouver ma totalité, j'envisageai donc – excusez ce langage diplomatique – de traiter avec vous comme je n'avais jamais fait.»

C'est à dire simplifier ma vie, résoudre les impasses et, promptement, vous épouser, -on vous le proposera ferme.

… et comment le futur, justement, s'étant trouvé entamé, comment, de ce fait, s'était dissipé le sentiment de *«la nécessité»*…

«Comment oublier Montsouris, votre vie naissante en moi, cette brutale jeunesse, et dont je n'ai rien fait…

Vous êtes survenue à un instant de vacance complète où, sans travail ni application, toutes les présomptions m'étaient offertes. Jamais un tel flux d'analyse ne m'avait envahi. J'ai donc parlé à n'en plus finir, trouvant ce moment rare qu'ayant de la biographie, je parvenais à la peser, à la ventiler, à souhaiter fonder, d'un regard, un avenir dessus. Rien donc n'avait été perdu. Surtout, l'enfance surgissait, arrivant à vous par ma bouche, et point seulement, pour une fois, donnée à aimer parce que je pouvais être aimable, mais vivante elle-même, admise, acceptable, acceptée.

Il vous est arrivé de vous étonner de mes confidences, puis d'imaginer qu'elles avaient eu d'autres destinataires. Je vous répondais que non… Sans doute, l'anecdote, l'événement étaient-ils connus ailleurs, avaient-ils été rapportés avant même que vous n'existiez. L'ensemble, la valeur et la signification que j'y mettais, je vous le redis, sont, exclusivement, le pur fruit de notre rencontre. S'il y a mille raisons, ou plutôt mille motifs de s'accorder, l'accordance se fait selon une composition particulière, originale. Et c'est tel filon de la mine, plutôt que tel autre, qui se trouve en chantier, d'un coup, regardez-vous vous-même, et vous comprendrez.

Vous m'avez pris par la main, au printemps précédent, pour m'apprendre moi-même à votre enseigne, et m'émerveiller de ce que je pouvais être, et qui – était-ce un bien, était-ce un mal ? – restait enterré. Peu à peu (nous sommes toujours au printemps dernier), mes rapports physiques avec qui j'en avais s'encombrent de vous. Je les cesse. Pas délibérément. Un jour seulement, je constate qu'ils cessent. Comme se transformaient d'autres choses, à mon insu…

J'avance donc, vivant la chance de renaître par vous, mais ne le vivant pas, en crainte de renaissance… Comme effrayé de ce que je pourrais découvrir à l'approche de la découverte, n'osant situer, ni surtout m'approprier, aucun des rivages que je sais nommer. D'un côté, vous savez, vous m'apprenez à considérer sentiments, faits et gestes comme purs effets de nature, des branches de plante que vous regardez avec un respect et une sérénité confondante, tant il est vrai que vous tenez, de je ne sais où, une impartialité que je ne détiens, moi, que par complaisance : comme si tous mouvements de la vie vous étaient bons, sans jugement. Et pourtant, d'un autre côté, voici votre regard. Mais d'où tire-t-il sa valeur normative ? Comme si vous étiez vous-même, vous, animal à trois dimensions, un jugement vivant. Cet être bizarre me stupéfie, m'émerveille, me déconcerte. Suis-je sous votre protection ou sous votre colère ? D'un côté, de l'autre…

Votre corps, au milieu, me rassure, terrain connu. Ce pourquoi je m'y jette. Pour comprendre aussitôt que, m'y étant jeté, j'ai la charge de tout ce qu'il exprime par soupirs.

J'avais bien l'intuition de quelques précautions à prendre. De celles qui aident à vivre ensemble, et épouvantent dans le même temps. Vous, vous allez autrement, passez sous l'eau, resurgissez, comme indifférente aux vagues.

Je sais – je savais d'avance – que l'amour des choses du monde que je peux vous donner, il se change en tristesse si je vous laisse l'éprouver seule. Que votre corps, en mon absence, ne vous accorde que de vous sentir toute bête, ou furieuse d'être courtisée, sollicitée ailleurs. Que vous n'entendez recevoir du monde – bon ou mauvais – que pour me le destiner. De savoir cela, mais d'en être ravi et effrayé, je me suis rendu à votre corps dans une retenue nocturne, comme sur la pointe des pieds, aussi peu avisé que vous pensiez l'être vous-même, et le vivant par une sorte de procuration du futur, une manière d'anticipation imméritée.

Alors, je découvre comment c'est vous qui m'apprenez l'amour des corps. Et du vôtre, je vois apparaître l'appétit, le goût et le pouvoir de vous accorder au temps qu'il fait – toutes ces belles choses qui, dites-vous bien, « ne meurent qu'une fois » – et que je m'épouvante une seconde fois de voir disparaître, faute de prendre, et d'oser.

Comme le reste, je nous mets en parenthèses.

Comme le reste, je vous condamne à un nomadisme précaire, au nom d'une effarante nostalgie, d'une maladive indignité, que j'éprouve, de la sédentarité. Et, pour en rester là, en quête d'identité. »

Comme le reste, je nous mets en parenthèses. Comme le reste, je vous condamne à un nomadisme précaire Cette mort annoncée des choses, dans le temps même où elles étaient naissantes et belles, ce parler cosmique qui s'essayait, comme pour mieux s'assurer, à m'entrevoir déjà un peu déglingué, blanchi de poil s'il advenait, c'était pour mon jeune âge, le Scorpion que tu es me comprendra, comme un hommage fait à mon intelligence… C'était rien de moins qu'en référer tacitement à la pensée 28 de *Contribution à l'histoire naturelle de la morale*, de Nietzsche: « Ce que l'on peut promettre – On peut promettre des actes, mais non des sentiments, car ceux-ci sont involontaires. Qui promet à l'autre de l'aimer toujours ou de le haïr toujours ou de lui être fidèle promet quelque chose qui n'est pas en son pouvoir », et en appeler d'emblée, chez moi, à la hauteur de vues… C'était aussi que, pour ancrer ses sentiments, il fallait à ce Gémeaux, Lune et Vénus en Cancer, le ferment du temps écoulé, une certaine épaisseur de passé, suivi de son corollaire, la nostalgie. Il n'appréhendait le présent qu'à la lumière du passé, du passé passé et du passé à venir. Tout être vivant qui l'approchait, qui laissait entre eux grandir de la durée, faisait de Paul son indéfectible prisonnier. Cet ingrédient lui était fatal. Comme s'il savait, à chaque rencontre nouvelle, qu'il s'en trouverait enrichi, sans doute, mais un peu plus ligoté encore, ainsi, telle « la mer toujours recommencée », ne cessait-il de renouveler la fuite ou la rupture, au sein de la sédentarité… Ainsi a passé sa vie, la mienne, tout à l'envers des autres, jusque la fidélité qui prit la forme supérieure la plus haute, que la mort même ne saurait rompre. On me rencontrait seule les quinze premières années dans les lieux publics, seule aux projections privées et aux cocktails : « Vous êtes un écrivain ! s'écriait-il avec force quand, parfois, je m'inquiétais de l'impression produite... Un écrivain ne sort pas en couple ! » J'étais fière, jeune fille, de notre lien secret, mieux que l'enfant battue qui trouve mérité de l'être, je le louais de nous maintenir à si belle hauteur au-dessus de la nasse où hommes et femmes en plein soleil, désignés par lui comme navrants – *« Alors il leur sera toujours temps de se foutre mutuellement à la porte, s'ils en ont envie.* Sic transit res mundi... *Non, vraiment, je n'ai pas été élevé pour voir cela »* –, se manifestaient leur amour, puis s'entre-déchiraient... À peine si, tous les quatre ou cinq ans, éprouvée dans ma foi comme tous les mystiques, je redemandais : ai-je été assez retirée, assez effacée, assez furtive pour votre goût ? Me suis-je faite assez petite, assez légère pour le respect de votre trajectoire ?... Une fois, une seule, et *« bien que vous ne l'exigiez pas »*, des années avant la naissance d'Augustin quand il pouvait encore parler de soi, car le mutisme fut progressif, mais tu vas voir comme, déjà, c'était difficile et douloureux, il tenta pour moi – et pour lui, qui était à lui-même une énigme – un début d'éclairage... Ci-après, car on touche là, après tout, au noyau d'un personnage :

« J'ai hâte, contrairement aux apparences, de m'intéresser à moi. Oui, je ne le puis – comme un malade physique. Cela dit pour vous transmettre ma répugnance à me jeter dans une description que je vous dois, bien que vous ne l'exigiez pas.

L'autruche donc. Autruche je suis vis-à-vis de moi, de vous, de tout. Pas nouveau, je sais. J'ai connu, devant vous, l'an dernier, à cause de vous, une manière de l'être pas. Jadis aussi, en grandes crises. Mais – pardonnez-moi de revenir à ce sujet – je ne me portais pas mal de cette autruche tant que ma mère vivait. C'était en quelque sorte un droit, celui de l'enfance. Ne pas regarder quand la personne qui regardait pour vous, même si le temps a passé, est encore là, ce n'est pas bien grave. Sans doute ai-je abusé de cette politique pour tout ce qui concernait les affaires du siècle, de l'accomplissement social et des grandeurs d'établissement, pour lesquelles ma pauvre mère ne pouvait rien. Mais je n'avais pas non plus été élevé pour m'en effrayer. Et pour les affaires de destin, l'existence même de ma mère m'accordait tous les sursis. Je savais qu'elle vivante, rien d'irréparable ne m'adviendrait. Sa présence sur terre confortait mon sentiment de jeunesse, qui est une fantastique sécurité. Du jour de sa mort, de celles de ma tante et de ma grand-mère, date en vérité la fin des témoignages et intercessions. Témoignages sur ma propre histoire (tu étais ici, tu faisais cela), intercessions à l'heure des sanctions immatérielles (il était ceci en vérité, il avait voulu cela).

Je ne suis pas pris au dépourvu. Tout cela devait arriver. Encore une fois j'ai été élevé pour le savoir. Et le chagrin, le chagrin humain de l'envol de ma famille lui-même a passé, au sens où je puis vivre et aimer sans paralysie…

La différence vient de ce que l'insuffisance, le ratage, l'approximation, la complaisance tombent désormais sur moi comme des faits sans recours. Que le bonheur de l'enfance, sur ce point, m'est interdit. Pour conclure ce chapitre commencé, que la politique de l'autruche m'est devenue impossible. Et que c'est de la pratiquer, par de vieilles faiblesses, que je suis, disais-je, aussi douloureux aujourd'hui… Ainsi, j'en arrive où vous arrivez, que je brûle d'éclairer pour vous, et pour moi. Mais comme vous voyez, j'ai commencé. »

Et il signe.

N'avons jamais reparlé… Ou bien, achevée la phrase deux, je le trouvais, chevilles jointes, dormant profondément. N'avons rien dit, rien nommé, rien prévu… Tenions ensemble comme le livre rêvé, le livre sans sujet, jamais écrit, de Flaubert : « Un livre sur rien, qui tienne tout seul, comme la terre tient en l'air. » Il n'y avait pas de « nous » : est-ce que l'éternité a besoin d'un support ? d'une forme ? d'un nom ?... Une fois, seulement, alors qu'il n'aimait que les chiens et que, d'autorité, j'avais introduit dans la maison une chatte, celle-ci, jouant bruyamment autour de nous le soir de son arrivée, le fit sortir de sa lecture et s'écrier tout soudain : « Enfin... Vraiment ?!... *Nous* aimions le silence ! »

Émue aux larmes, j'étais.

Je ne connais d'amour approchant, dans la durée et l'abnégation (Geneviève Dormann la tient pour une « oie »), que celui de Juliette Drouet pour Victor Hugo, (je te joins le papier : « La naïve et le menteur », paru dans *Le Figaro littéraire*. J'aurais préféré : « La croyante et le menteur », car Juliette n'était pas naïve, mais Rinaldi n'a pas voulu). Et encore, après débats et déchirements infinis – « mourir ensemble aile dans aile » ? « mourir avant toi » ? « mourir après toi » ? – Juliette a-t-elle renoncé à lui épargner la douleur d'être le survivant, ce que, jamais, je n'aurais fait. Aux premiers mots échangés rue de Passy, le soir de noël 70 – « Que faites-vous là ? » – j'ai su que je prendrais cette charge, lui fermerais les yeux.

Ce qui me vexe, pour elle, pour moi, pour toutes celles qu'on a nommées les grandes amoureuses, c'est que ça s'appelle une névrose.

Comme elle du grand homme, je pense que Paul était « le plus sublime vivant que la Terre ait porté ». Hugo, Paul, les hommes auxquels on a voué pareil amour, au vrai, n'y ont été que pour très peu. On n'est pas responsable de l'amour qu'on inspire.

Juliette, à vingt-cinq ans, a essayé, moi aussi : il fallait fuir, nous enfuir, elle avait réussi, un matin, à mettre ses gants, son chapeau, et pris la diligence… Mais nous avons échoué.

Son effroyable lucidité, en dix-huit mille lettres, tout au long de cette mort lente, en cinquante-deux années d'amour. Comment admettre qu'aimer, vraiment aimer, c'est être muré vif ? Il semble que ça n'arrive qu'aux femmes.

Mes lettres à moi, que j'ai retrouvées chez lui classées et numérotées de 1971 à 2001, il y en a peu. Excepté l'année de mes vingt-trois ans, un préambule de six pages à une promesse de réponse qui n'a jamais suivi, il n'a répondu à aucune. « Que faites-vous de mes lettres ? Peut-être, comme les résistants, les avalez-vous ? » Il aurait pu répondre, comme Cioran dont il aimait la phrase puisqu'il l'a relevée :

" Vous dirai-je le fond de ma pensée ?
Tout mot est un mot de trop. "
CIORAN

Mais justement, c'eût été trop.

… Même lorsque, pour la première fois l'année de mes vingt-six ans, dans un sursaut de vie telle Juliette moi aussi, à l'homme dont je n'avais pas mesuré encore combien il était construit sur des rituels, trop souvent seule et dopée par mon prix Interallié, je fis défaut la nuit de Pâques, la souffrance qu'il en conçut sur papier m'a rejointe avec… vingt-cinq ans de retard : au lendemain de sa mort, comme on retrouve en boule dans un coin un reste de pyjama avec l'odeur de l'autre qui a eu la fièvre, dans cette méchante enveloppe de notre courrier annotée d'une inscription en forme de gifle :

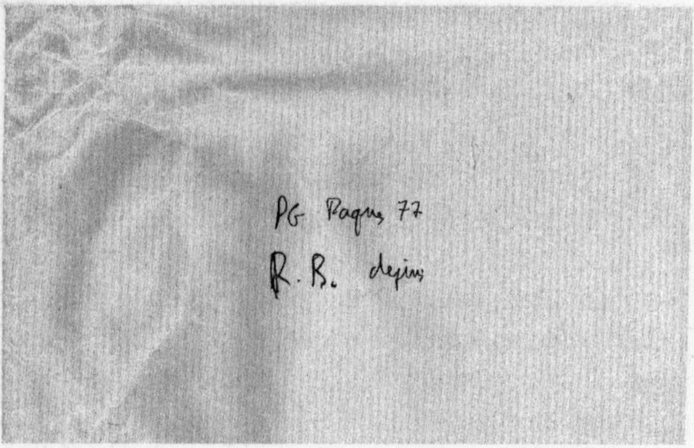

« … C'est un jour de Pâques que je vous téléphonai pour la première fois. Ou le samedi saint, la veille, ce qui est tout un, mais j'ai le souvenir du

jour de Pâques. C'est le lundi de Pâques, lendemain, que nous avons dîné seuls ensemble pour la première fois. Sans y penser explicitement, mais par le vrai mouvement de la vie qui ne s'esquive pas, je n'aurais jamais autant que possible, passé ce temps-là hors de vous. La première année, nous avions voulu voir le Cotentin que ni l'un ni l'autre ne connaissions. Les gîtes étaient combles. Nous avons dormi, fatigués, dans la voiture. Déjà on ne pouvait plus sortir de Paris à Pâques. Depuis, nous ne sortions plus. Et d'un geste si naturel que, chaque fois, j'en éprouvais réellement la surprise, vous cachiez des chocolateries diverses dans mes massifs de papiers, comme cela avait toujours été fait autour de moi avant votre naissance.

C'est peu de dire que, aujourd'hui, vous m'avez tué. Tué en moi l'essentiel, c'est-à-dire ce que, en moi, vous aviez construit et que, à travers tout ce qui va, vient et revient, j'exprimais à cause de vous. On ne se fait que par l'autre, vous le savez, à preuve qu'on pourrait être bien différent, en dépit des apparences. Peut-être aviez-vous besoin de ce meurtre pour devenir « adulte », dans ce que vous croyez être votre cycle de métamorphoses. Adulte : je ne pense pas connaître jamais cet état-là. En quoi, sans doute, nous différons.

Vous avez la chance de rencontrer un emploi affectif nouveau avant d'avoir laissé le précédent.

Pour moi, qui n'en cherchais guère, je voudrais me persuader qu'existe quelque part au monde la « nouvelle Raxe », dont je n'entrevois même pas le visage. Mais, vous savez, il n'y a d'assurance contre rien. À supposer que je découvre un jour cette terre inconnue et que, fort de mon expérience, je prenne les mesures pratiques pour ne pas la perdre (la maison, les enfants...), je sais trop, aussi, la précarité des choses pour être convaincu que cela même serait suffisant. Et dira-t-on jamais honnêtement : j'ai fait tout ce que j'ai pu ?

Je reviens à l'essentiel : c'est l'autre qui fait qu'en soi les jours ne suivent pas bêtement les jours, et qu'on puisse conduire au-dessus d'eux un semblant d'histoire, ouverte sur la suite des temps. Finissent bien par arriver, à force de vivre les Pâques, ces changements qui prolongent la vie. Mais je ne crois ni aux barrages ni aux précautions, dans ce dessein.

(4

le QUOTIDIEN de paris

Je vous dirai un mot de ce que vous croyez être "les belles âmes".

La vôtre, à mon avis, vaut bien la mienne. Voilà bien longtemps que je vis comme je pense, en tâchant de garder la lumière que j'ai reçue : tout le monde fait pareil, et il n'y a pas de malin. De telle sorte que les « belles âmes » sont parfois celles que, un jour ou l'autre, on préfère regarder de loin… Ne souhaitez donc pas qu'on vous attribue jamais cette qualité comme je ne voudrais pas non plus qu'on me la donne. » (1977.)

La surprise fut que je ne le quittai pas, ni cette fois, ni les autres… « Je ne savais pas, dira-t-il des années plus tard, que vous entreriez dans mon système. » Le mot était volontairement injurieux pour lui, il n'en était pas fier. Moi non plus, je ne savais pas que… Mais c'est là, dans ces années-là en effet, après qu'il eut dit, un soir à La Rotonde, au moment du dessert – il avait pris la tarte aux quetsches maison, moi aussi sans doute – : « Je pensais que vous étiez la dernière femme. Un jour, j'ai constaté que *ça* avait repris », que la dualité s'est mise en place.

Reste que, en ce mois de Pâques 77, en lieu et place de cette lettre magnifique qui m'eût prouvé, au moins, qu'il tenait à moi, car déjà, c'est de l'absence de son expression que je souffrais, une phrase, une seule, est tombée de sa bouche : « Une femme qui a eu un amant n'est plus jamais la même. »

Celle-là m'atteignit puisque, aujourd'hui encore, elle fait mal.

… Même lorsque, quatre ans et huit mois après la naissance d'Augustin, d'une écriture déchaînée, j'écrivis : « Aujourd'hui, samedi 13 octobre, il a été dit par vous que le résultat de mon éducation sur Augustin est lamentable. Augustin a entendu ces mots. Moi aussi. On ne peut pas prôner comme vous le faites qu'il faut que les femmes soient autonomes, responsables et heureuses de l'être, et, en privé, saper le travail qu'elles ont accepté de faire à votre place. De ma vie, depuis que je vous connais – et pas plus depuis sa naissance qu'avant – je n'ai demandé ni fleurs, ni compliments, ni serments, ni présence, ni fidélité, ni comptes, sans jamais pour autant, que je sache, vous faire défaut. Aussi, n'ayant rien demandé, n'ai-je rien. Ou seulement ce que vous voulez bien donner, seulement ce que vous voulez bien faire, et j'assure le reste. Aujourd'hui je demande, au motif que, selon le rapport inverse, n'ayant rien demandé, je ne vous dois rien, *même pas un garçon bien élevé*, je demande à n'être pas insultée ni condamnée devant lui dans mes actes, dans ce que je suis, dans ce que je demeure, dans ce que je survis au cours de ces quelques heures hebdomadaires où, tout à coup, vous nous jouez les grands chefs, les monsieur je-sais-tout, au mépris de la vie de tous les jours et de son évolution, un peu chaque jour… Il y a, entre nous, mille dîners de retard. Sans doute, m'inviter à dîner, hors la surveillance et l'autorité d'Augustin, est-ce pour vous un risque à courir, le risque, évidemment, que je nous noie du début à la fin dans les larmes et le vin, ah les pieds sous la table comme autrefois, boire et pleurer tout mon soûl… avec ou sans vous ! », il n'a pas répondu, s'est contenté d'annoter :

C'est la force de Dieu que de demeurer silencieux. C'est du silence que naît la religion. C'est dans l'absence, le manque, la frustration que grandit… Je ne voulais pas, je ne VEUX pas, Richard, parler de tout cela ! La question était : comment, du néant, repartir ? Où reprendre ? Dans quelle pièce, sur quelle chaise, revenir s'asseoir ?

j'ai laissé le chauffage allumé exprès pour que le loup n'ait pas froid à son retour.

Et pourquoi, pour qui écrire encore, si toi, passerelle pour la réalité, tu ne rappelles pas ?... Il n'est pas pire de se taire ou d'écrire, quand, de chaque mot tracé, outre la sensation insupportable de le trahir – mais il le faut sans doute –, se dégage et s'élève ce qui aussitôt va s'appeler le passé, je ne veux pas, c'était hier encore que je lui écrivais d'Italie :

Club Méditerranée. Kamarina.
Sicilia (Italia)

juin 88

« Il a votre chute de reins, vos fesses et vos longues pattes fines, la même façon de s'endormir en cuillère en disant une dernière chose drôle, il a votre gaieté et votre volubilité matinales, il a votre façon de pouffer de rire, de courir les deux bras en arrière, il a cette incroyable résistance aux voyages, à la chaleur, aux temps morts, à la fatigue, il a ce léger mépris de l'eau, du sable et autres soi-disant sensualités et cette façon d'intellectualiser les sensations en se trouvant plus content de toute chose après que pendant, il a votre regard gris-vert couleur du temps, il danse toutes les nuits sur la place du village, il a deux ans et quatre mois, c'est un bonheur très curieux que de se réveiller le matin à côté de cet être-là... Je le tire à moi sur le drap et je l'embrasse comme je vous aime. Rax. »

Je ne crois pas que Paul est mécontent aujourd'hui que je parle de lui. C'est moi, moi seulement, après avoir craint toute la vie, déjà, de nuire par ma seule existence à sa joie naturelle et à sa liberté, qui crains à présent que la causerie perpétuelle dans laquelle je le tiens sans, peut-être, qu'il puisse se délier, le plombe et entrave son départ vers les autres plans de conscience qui l'attendent... Si l'on n'en finit jamais de se sentir coupable, de ce point de vue, il est salutaire que j'aie pu trouver tel dérivatif et déporter vers toi, que cela ne trouble pas outre mesure, la charge de mes pensées. Paul fut même heureux du passage à lui consacré dans *Chère Madame ma fille cadette*, je le revois, penché sur la table de l'île d'Yeu, le feutre noir au bout des doigts, les verres de lunettes encollés de sel, et la manchette en coton, de ses chemises Brooks & Brothers que j'adorais, juvénilement posée sur la page, en corriger lui-même les épreuves. Il est doux d'essayer de le relire par ses yeux, d'essayer de suivre, dans l'ordre où ils sont parvenus à son entendement, le cheminement de ces mots qui le réfléchissent, qui le réfléchissent, mais qui, déjà, tentaient de l'objectiver :

« L'ami journaliste s'inscrit parmi les hommes, qui cette année-là, fin 70, début 71, m'aidèrent à passer le gué. Journaliste, il ne l'était plus à cette heure, n'était rien que dans le deuil de sa mère, de sa tante et de sa grand-mère toutes trois disparues en l'espace d'un an. Rencontré sur le mode de la perte et du chagrin, une part de son pouvoir de séduction tenait à ce que, en premier ressort à l'image de mon père, il était un fils qui pleurait sa mère. L'ampleur de cet amour qui n'avait plus d'objet ouvrait au-dessus de mes paysages alors sans relief ni profondeur, pour moi n'ayant pas vingt ans en rébellion contre la mienne, des travées d'or pur comme il s'en dessine dans le ciel du soir. Des jours entiers, à trente-huit ans, téléphone débranché dans ce pigeonnier qu'il possédait à Saint-Germain-des-Prés, il demeurait mains derrière le dos, dansant d'un pied sur l'autre près d'un petit poêle à gaz, à réfléchir son enfance de campagnard.

De dix-neuf ans mon aîné, de mon père il paraissait à l'opposé : aussi dissemblables de corps que cigogne et renard, aussi vif, joyeux, moqueur, aérien et grand conteur l'un, que l'autre était lent, moral, profond, proche de la terre et le verbe parfois confus. Cependant, par une invisible clochardise, une ineffable infirmité dans l'art de vivre pour qui les connaissait bien, ils étaient parents : orphelins de père tous deux dès les premiers mois de la vie, en vérité ils étaient frères de ciel.

Quelque chose, chez cette sorte d'homme grandi dans le complet silence de la vibration masculine, est pour jamais enkysté. Ne peut ni agir pour soi, ni seconder, comme si, au-delà de la représentation, de l'esprit de fête et d'entreprise, perdurait une stupeur, une sidération de l'être.

Et que, comme mon père, ils n'en délogent pas du matin au soir, ou que, comme Paul, ils viennent seulement s'y laisser tomber tels des soldats exténués, ces hommes-là n'*habitent* pas leur maison. »

Dans la solitude, je renais à l'infini… En lieu clos, je me perpétue sans eau… Cachée des regards, je produis des fleurs blanches jusque dans la nuit… Une condition : que l'autre soit en vie.

« Quand c'est moi qui suis loin, je sais qu'il ne tient qu'à moi de revenir, écrivais-je encore, au bout de dix ans... Mais quand c'est moi qui vous attends, c'est tout Paris qui vous attend; ce sont les lumières des restaurants où vous ne serez pas qui s'allument, et le soir qui tombe sur l'absence de Roux qui ne tirera pas ses rideaux de velours jaune cette nuit-là, Paris où je reste sans esprit. Ce qui est quotidien, semblable et toujours recommencé, à vos côtés est toujours nouveau, et je n'en vois pas la fin, je ne vois pas venir le début du jour après lequel les matins et les soirs apparaîtraient répétitifs et usés dans la lumière de ce qui nous relie.

Le grand secret qui vous porte, qui accompagne vos pas sur la terre, j'ai compris loin de vous qu'il était ce qu'il y a à aimer d'abord en vous, qu'il était ce qui fait qu'il faut vous laisser marcher et travailler et vivre hors de toute exigence. Vous aimer c'est vous attendre. Vous attendre c'est vous aimer. J'attends, comme j'ai souffert puis aimé attendre, les moments qui nous font nous rejoindre en m'occupant de la façon susceptible d'intéresser au plus près ma propre vie, cette vie qui, au même titre que celle de la moindre fourmi, passe sans que je m'en souvienne, mais que j'ai à cœur de colorier par ailleurs, pendant cette attente de rien qui vous nomme, et qui me fait vivre... »

Je pouvais en écrire, comme ça, plusieurs mètres…

À propos du phénomène d'*ouverture*, les trois ou quatre premiers mois de l'émotion amoureuse : que, tout comme certains événements dans la galaxie, il est dans la vie du couple un phénomène d'exception, qu'il ne dure pas, ne se reproduit pas, ne se renouvellera jamais, ne se représentera sur les lèvres de l'aimé(e) qu'à la faveur d'un renouveau de son amour c'est-à-dire en d'autres compagnies ; que ces clefs d'or qui nous sont données par lui (ou elle), spontanément, à cette époque, pour l'accès à son intimité la plus obscure, sont, comme les premiers vers d'un poème, de purs cadeaux du ciel ; que l'on pourra pleurer, tanner, supplier une vie entière, l'autre, le premier, en aura oublié jusqu'au souvenir et la formulation ; que, en des moments si glorieux on y répugne, mais que tous les amoureux, depuis que le monde est monde, regrettent de n'avoir pas pensé, avant que la boîte à secrets ne se referme, à prendre crayon, et à noter, il faudra que je le dise à mon fils, que tu le dises à tes enfants.

De même, au début du langage, il y a une période, dix, quinze jours seulement, il faut être très attentif, où l'on peut entendre l'enfant qu'on vient de coucher, derrière la porte fermée, babiller, étonnamment babiller, par une sorte de phosphorescence du cerveau, avec questions, réponses, rires fins, chuchotements, éclats de voix comme au cours d'une conversation à plusieurs, très animée... À l'étrange, la trop bizarre lettre ci-dessus, aux deux dernières phrases ci-après du deuxième de mes romans *L'Ouverture des bras de l'homme*, tellement prémonitoires, à vingt et un ans, de ce que fut ma vie, à cent autres écrits hâtifs sur des feuilles volantes, des nappes en papier, des revers d'additions comme autant de professions de foi, je songe que Sarate a gazouillé beaucoup dans la pénombre, seule, sur ce mode.

« Et, bien que ce fût la même solitude, joyeuse ce matin dans les jardins, qui inversement, il y a peu de jours, m'avait fait souffrir, c'était quand même elle qui me permettait de vivre dans cet état de chaude et riche illusion dans lequel on se trouve quand, enflé et nourri d'une énergie et d'une puissance virtuelles, on se croit capable d'accomplir dans l'heure un chef-d'œuvre, avec la certitude sans réplique que je saurais comment il faudrait le prendre à lui-même comme on entraîne quelqu'un de paresseux à la promenade et à ses imprévus, puis écarter de lui les gens sans relief, les événements qui l'ennuient, les garçons de café négligents qui épuisent sa patience entre la salade et le dessert, les courants d'air qui le poursuivent depuis l'enfance, les insultes qu'il s'adresse, remonter les draps avant qu'il ait frais, faire qu'il ne pleuve pas car il se sent amoindri d'être mouillé, lui rappeler les moments oubliés, le faire rire, lui mettre l'eau à la bouche, lui camper les personnes rencontrées de ma vie racontable, qu'il ait la satisfaction d'avoir vécu deux fois la journée, dont l'une plus légèrement que l'autre.

Alors, quoique j'aie encore, de mon côté, mon propre gouvernement à mener, je me sens, par Dieu, ce soir, bien capable de mener les deux de front. » (Décembre 72.)

Mission inachevée. Mission terminée.

Des années avec lui je suis restée la mignonne au regard ailleurs à qui l'on chuchote de petites choses essentielles à l'oreille tandis que, sous le souffle chaud, feignant d'être préoccupée d'autre chose, luxueusement elle enroule autour de son index une boucle de cheveux… Il ne disait pas : « Il ne fait pas beau », il disait : « On est comme à l'intérieur d'une énorme souris. »

Il ne disait pas : « Vous demandez beaucoup », il citait Mozart : « Le monde me doit ce dont j'ai besoin. »

Il ne disait pas : « Je vous aime », il disait : « Je suis là. »

Il ne disait pas : « Oui », il disait : « Soit. »

Invité à se resservir, il ne disait pas : « Je veux bien », mais : « Si vous voulez. »

Entendant : « Adieu, je vous quitte », il ne disait pas : « Attendez, c'est absurde », il dormait sur-le-champ.

Il ne disait pas « la main », il disait « la patte ».

Il ne disait pas « les cheveux », que j'avais, avant la naissance d'Augustin « comme les femmes de la Libération », mais, par analogie à la fois à la natte de sa mère et à la queue noire de cet oiseau qui criaillait dans le bureau de mon père, et qui peut énoncer quatre-vingts mots du langage humain, il disait, se saisissant de ma chevelure : « le mainate »... Ainsi, le soir, nous arrangions rituellement sur l'oreiller, avec la rate, la place du mainate, lequel était « gentil », allait dormir « avec nous », devait « ne pas chatouiller la narine de Roux »... Quelquefois, surexcité par la soirée, le mainate se relevait, ne tenait pas en place. Il fallait le rattraper, lui lisser les ailes, tout recommencer. Un jour, pendant ma grossesse, il est arrivé malheur au mainate, un salaud de coiffeur qui, d'un seul coup de ciseau, a fait « clac ! », et nous avons pleuré comme deux enfants. Le bol, l'oreiller, le lit, le peigne, le tee-shirt, la cafetière, jusqu'à Timex, le réveil noir, qui poussait le matin « son cri déchirant », plus ou moins rebaptisés, doués, chacun, de vulnérabilité, étaient devenus au sein d'une relation qui n'avançait pas, dans un monde enchanté, des personnages affectifs bouleversants. On peut sourire. Je mets l'amour physique plus haut que tout mais, plus haut que l'amour physique, je mets l'amour pour le monde transfiguré que mon Roux m'a donné, dont le dérisoire que je parviens à peine à raviver ici, car ce m'est douloureux comme de m'arracher mes organes, ne te donne, comme tous les rêves racontés, qu'un pauvre aperçu.

Rose 9h15

Une grosse mouche m'empêche de dormir autant que de lire, obligeant aussi l'autre mouche (la gentille) à se couvrir la tête et les antennes de son drap blanc.

Je ne sais plus qui a dit : « Demain, cette date des faibles. » Tout a un prix, je le savais. Plus vieille je rejoindrai la réalité, plus vaillante je serai pour l'affronter, pensais-je. Avec l'écriture, le soleil en angle sur le tapis, les cours masculines, son appel de vingt heures tous les soirs de la vie et ses apparitions rousses et or, rieuses, indiscrètes et tonitruantes dans le rituel et la constance – jamais une chemise, un mouchoir laissé derrière soi ; huit boutons peut-être, par décennie, à recoudre, et avec quels scrupules, quelle poésie demandés, quelle gentillesse émue pour la « boîte à couture »... –, j'ai eu vingt ans pendant vingt ans, j'ai gagné en innocence, en non-incarnation, vingt ans sur le temps d'une vie, sur la solitude vraie, l'adversité, les passages obligés, le malheur, les rendez-vous incontournables, la désillusion, la cuisine, le domestique... Comme quoi le culte que l'on voue à un dieu fait à coup sûr vivre celui qui prie, mais n'atteint pas forcément le dieu qui peut très bien, pendant ce temps-là, se permettre de n'en être pas un. L'attendre ! Cela ne m'a-t-il pas fait vivre ? Il n'était jusqu'au petit mot de sa main, sur le rabat en carton de mes premières déclarations d'impôts, faites ensemble à minuit moins vingt de la date limite, qui me remplisse d'émotion chaque année fiscale, en rouvrant le dossier, croyant encore à une appellation affectueuse :

Trésor doit 7 584

Il n'est pas courant, il faut dire, que ce soit « trésor » qui doive quelque chose.

c'est le bonheur qui, sans vous, n'est pas supportable.

Mon père disait : « Il faudra bien, un jour, que tu en sortes. » Pour quoi faire ? Rencontrer qui, de mieux ?

Toutes les merveilles que j'ai vues pour vous, dans ma vie, me sont revenues.

« Mystifier : arbitrairement construit sur « mystère ». Emprunté du latin *mysterium*. Le sens général de « secret » apparaît de bonne heure… Secret : adjectif emprunté du latin *secretus* ; proprement, « séparé » (de *secernere* : « tuer, séparer »)… Mystifier : tromper en donnant de la réalité une idée séduisante, mais fausse. » (Dictionnaire étymologique)

tous les visages de femmes passés convergent sur le vôtre, les autres en précédant.

Entre une présentation de la réalité séduisante, mais fausse, et une présentation juste, mais à fuir, tu choisis quoi ? *« Vous devrez inventer. Sortir de vous-même. M'accompagner. Me dire. Me faire. Que si, vous étant ainsi… »* : de toute mon âme, je re-souscris pour trente ans.

Oh ! malin !

Si, si : je re-souscris.

N'est mystifié, vraiment, que celui ou celle qui est mystifiable… Ces deux-là, dans l'écosystème affectif, ont vite fait de se trouver, ils s'espèrent, l'un par l'autre s'accomplissent. Roux, enchanteur et habile est le renard. Blanche, crédule et mystique est la poule. Fiévreuse, ouvrière et zélée est la rate. Aimable, élégant et cruel est le chat. Qui penserait : il est mal d'être renard… Affligeant d'être une poule. Répréhensible d'être chat… Une malchance d'être rat. Ni bien ni mal ici, ni coupable ni victime, mais des principes interdépendants et partout, au contraire, des épousailles… Il y a les mystificateurs et il y a les mystifiables. Il y a les hommes et il y a les femmes. Il y a les éléphants et il y a les fourmis. Il y a les montagnes et il y a les précipices. Il y a ceux qui sont aimés et il y a ceux qui aiment. Il y avait Roux et il y avait Rax. Une Rax, précisément, pour qui la vie longtemps avait été dans les livres – *Poussière, Sarn, La Renarde, Vent d'est vent d'ouest, Qu'elle était verte, ma vallée, Le Pain noir, Moïra, L'Adieu aux armes…* –, mais qui cherchait moyen de n'y aller pas, ou le plus tard possible.

Qu'est-ce que réussir cette chose aussi informe, désordonnée, filandreuse, contradictoire, partant par tous les bouts, que la vie ? Sinon vivre comme dans les livres comme Paul a vécu : toutes les femmes, toutes les églises, tous les pays, tous les restaurants, tous les plaisirs, vénération pour l'Histoire, vénération pour la géographie, tolérance, impartialité, disponibilité, culte pour l'enfance, les grands hommes, la poésie, les animaux, le jour de Pâques, fréquentation des plus grands, passion pour son métier, passion pour l'amitié, liberté totale accompagnée d'un amour comme le mien et d'un fils comme le nôtre ?…

Il s'est comporté, certes, faisant honneur à toutes choses, comme s'il n'avait pas de Dieu au-dessus de sa tête. En l'absence du père pour interdire ou ordonner, « *doué pour vivre, tout le monde me l'a dit* », les lois, c'est lui qui les a données… Mais ne gardant rien pour soi ! Chantant les travaux et les jours ! Redistribuant aussitôt, multiplié par cent, le bonheur qu'il empruntait à ce monde ! Courant la terre, colportant joies et visions, du bon et du bien à qui en voulait ! Tout, dans sa bouche, était toujours : « Excellent ! », « Merveilleux ! », « Parfait ! », sans faute, ni défaut… Lorsque, rejoint par la loi du temps, la censure, le harcèlement féminin, l'âge, la restriction, la maladie, il lui fut suggéré d'essayer d'aborder cette terre inconnue comme « un voyage intérieur », « mais je hais le voyage intérieur ! », cria-t-il tout déformé par une haine, en effet, qu'on ne lui vit jamais. Est-ce pas lui cependant, dis-moi, qui fut dans la célébration, et nous autres qui aurions voulu seulement pouvoir tous les jours le voir, l'entendre et le toucher, des gagne-petites, des courtes-vues sans imagination personnelle ni courage, n'ayant encore et toujours à offrir en partage que le tête-à-tête, la soupe et l'enfermement ? Créés pour, à tout instant, créer la vie, créés pour quoi, sinon pour s'émerveiller et jouir avec gratitude du vif et du beau, qui a dit que les hommes devaient vivre en moutons, en moutons effrayés et parqués, sinon les moutons eux-mêmes, et les plus clopinants, les moins vivants, les moins capables, les moins joyeux d'entre eux. Il a fait souffrir, et alors. Moi aussi, toi aussi, mon père aussi, ma mère aussi qui, quarante-quatre ans sont restés sous le même toit, et n'auront pas vécu ni connu le quart de ce que Paul a vécu et connu, ne le font pas moins ceux qui épousent et fixent leur enveloppe terrestre à la maison, nous nous faisons tous souffrir. Lui, à aucun moment, n'a promis quoi que ce soit à qui que ce fût, aussi n'avait-il, « devant les hommes » en tout cas, aucun engagement à tenir, il a fait, m'a-t-on dit : « Ce qu'il a pu, comme il a pu » et ça, tout de suite, c'est large, c'est grand, ça m'a fait du bien. On m'a dit aussi : « Vous n'en sortirez pas sans entrer maintenant dans une énorme colère. » Et : « On ne peut rien faire de pire à une femme que de ne jamais la quitter vraiment, sans jamais la vouloir vraiment. » Et : « Il a pris de vous tous les avantages, pas les inconvénients »... Dans le monde de Roux et de Rax, ça ne marchait pas comme ça. Moi, c'est pas grave, je disais. Moi, c'est lui… Du moment que lui…, eh bien moi, ça va. Et c'était vrai. De texture lâche moi-même, et assez indéfinie aussi, un goût partagé seulement pour le sommeil, les mots, la liberté, l'individualisme et le secret, orphelins de nous-mêmes on ne savait pas pourquoi, longtemps sans enfant, sans « maison », sans *nécessité*, sans réelle ambition, quinze années sont passées côte à côte à errer en rêvant au milieu des autres dont la destinée se construisait, elle, à grandes brides. C'est toujours tourmentés, perplexes, nous demandant douloureusement *qui* nous étions, ce qu'il faudrait faire, dès la rentrée, de nos deux personnages pour devenir enfin des acteurs de cette vie et non plus d'éternels invités, que nous reprenions la voiture, au sortir de ces extraordinaires villas louées par nos amis pour l'été où, par la grâce, la légèreté, la joie, la culture, le regard affectueux, poétique, clairvoyant porté sur les choses et les gens, bref le charisme de Paul, nous allions de séjour en séjour chaque année. Un été, livrés à nous-mêmes, après la fête de saint Jacques à Sienne, puis Arezzo, Pérouse, Cortone, Assise, Pesaro, Bologne, Vérone, pour, dans les arènes ce soir-là, *La Force du Destin*, Santa-Margherita, pour la photographie : « Paul Valéry penché devant la mer à Santa-Margherita », une orgie de pèlerinages en tous genres, de ponts, de palais, de tableaux, de châsses et de crânes de Bienheureux disséminés dans l'ombre transversale des églises, à nuit tombée, nous atteignons Portofino où venait de faire son entrée un spectaculaire voilier en bois ciré, à voiles rouges… En bondirent en dansant deux couples de Français, jeunes, noirs de soleil, chevelus et richissimes, avec leur chat tout poisseux d'embruns dans les bras… Bottées, cuisses nues et chic chandails à l'italienne pour le soir, tout en suivant leurs deux hommes qui se dirigeaient vers les lumières des restaurants, ignorant superbement un vieux pêcheur derrière elles qui criait qu'on ne pouvait pas laisser le voilier ici : « Voyez !… Là, c'est le yacht de Monsieur Agnelli !… Celui-là, il arrive de Hong Kong !… », les filles lancèrent sur le quai où il est resté à renifler les filets toute la soirée le chat connaisseur d'escales… Vers minuit, alors qu'ils s'en revenaient, qu'ils allaient bientôt faire l'amour tous les quatre comme il ne se fait qu'entre dieux, une fille a repris le chat sur un tas de cordes par le cou et l'a relancé sur le pont du voilier… C'était le genre de scène qui nous bluffait. Animés de sentiments divers, comme on disait souvent commodément, heureux d'être ensemble, mais malheureux de n'être que nous, on avait traîné jusqu'à trois heures du matin à écouter les bateaux s'entrechoquer, et leurs lanternes dans l'ombre doucement tintinnabuler. Je me souviens que Paul était devenu bizarre, il disait : « Je sens que je suis fait, finalement, pour être marin… », il avait fait sauter ses docksides, s'était couché de tout son long sur un banc, et, une main sous la nuque, l'autre sur la poitrine, d'un ton qui commençait à être mauvais alors que j'avais froid et que j'aurais bien rejoint un hôtel, m'a ordonné de l'imiter car, voilà, c'était clair à présent, lui, il était venu au monde pour ça : demeurer là, sur ce banc, dans le plus beau port de l'Italie, à regarder pâlir les étoiles.

Jusqu'à la naissance d'Augustin et son entrée au *Figaro*, qui le virent changer radicalement, s'accumulaient sur la commode poussiéreuse du boulevard Saint-Germain les contraventions, les factures, les courriers non ouverts, les lettres de relance… Un soir, de retour d'un dîner, il pénètre dans le studio d'un coup d'épaule. Je lève les yeux : la plinthe d'encadrement de la porte balançait comme un roseau, et la serrure pendait… Au loin déjà comme si de rien n'était, Paul tirait les rideaux et se déchaussait. Ni commode, ni table, ni chaise, ni bergère autour de nous, ne restaient plus que le lit, qui est un droit légal, et, comme un crapaud sur la moquette jaune, le téléphone…

– On vous a cambriolé ! criai-je.

– Mais non, c'est la police qui est venue.

– Ils ont forcé votre porte ?

– Je trouve scandaleux d'entrer chez les gens de cette façon, fit-il pour toute réponse.

À ses pieds, je ramassai l'avis de passage au cachet du commissariat, et l'inventaire pour la saisie du mobilier.

– « On est dans la misère ! » criai-je encore à la manière de, d'une voix suraiguë, ce qui le fit rire.

Puis, plus sérieusement :

– Mais pourquoi est-ce que vous ne payez pas ?

– Parce que je suis fatigué, Rax.

Et il se mit au lit, avec bonheur.

Te dire *où* j'étais, *qui* j'étais moi-même, pendant toutes ces années avant Augustin, je n'en sais rien. Je ne m'habitais pas… Je me réveille à l'instant.

« À Raphaële, l'énigmatique », écrivit Bernard, sur une page de garde, lors d'une rentrée littéraire. À Raphaële l'ectoplasme, à Raphaële l'ombre de Paul, eût été plus approprié. Personne aujourd'hui n'aurait le souvenir d'un numéro de téléphone que j'aurais demandé, d'un seul dîner que j'aurais initié ; d'un mot que j'aurais dit, d'un geste que j'aurais fait qui n'était pas… décalé, comme *just awake*. Je publiais mes romans, passais à la télévision, recevais critiques et prix littéraires comme dans un brouillard.

Nul ne sait réellement comme on le perçoit.

Une journaliste du vingt heures amie de Paul

qui, tandis qu'il éblouissait à son habitude, m'a vue la soirée entière sur un siège à pattes dorées sans un mot (je venais l'après-midi même, au terme d'un an d'enfermement, de te remettre le manuscrit de *De l'air*), tout en remerciant notre hôte le lendemain pour sa réception, aurait dit : « Raphaële, c'est pathétique. »

D'autres, très nombreux encore, ont pu me voir posée sans expression ni voix, tout le temps qu'a duré cette autre fête ultra-parisienne, sur une banquette à côté de Jean-Luc Lagardère avec qui tout un chacun venait deviser, je ne songeais pas à bouger. Il y avait là, franchement, tout ce que Paris compte d'intelligent, de brillant, de puissant.

– Mais où aviez-vous la tête ! s'écria Paul dans la voiture, vous étiez effrayante… On n'osait pas vous approcher !

– Je ne sais pas, Roooux… Je n'y étais pas.

– Comment ça, vous n'y étiez pas ?

– J'avais peur…

– Peur !… Mais peur de qui, Seigneur ?… Ce sont des amis ! Ce sont tous des amis !

– Je ne sais pas quoi dire…

D'effarement, il se frappait le front :

– Mais il n'y a rien *à dire*… Absolument rien ! Les gens sont là, c'est tout !

Une explication serait l'oubli, en groupe, que je suis visible… Une autre que, assortie depuis le plus jeune âge d'un Paul socialement de plus en plus rayonnant – Gui (l)-bert, le « protecteur », qui « brille » –, j'ai peu à peu, jusqu'à m'abandonner, fait acte de renoncement. La vie a passé, m'en fous, je n'avais pas, je n'ai pas, comme d'autres, à porter tous les jours les signes extérieurs du bonheur, au diable l'apparence, au diable l'amour-propre ou je n'aurais pas survécu, non plus, à l'après-10 juillet 2002... Sauf à me montrer plus curieuse de mes contemporains, qu'avais-je à faire d'aller jacasser, m'épandre, me diluer, quand j'étais dans son aura. Aussi incongru que ça paraisse, je suis célèbre déjà à l'intérieur de moi, depuis que je suis née.

« Vous m'avez dit que vous vous saviez porteuse d'une lumière. Je l'ai vue, je sais aussi que j'en ai une, et qui me vient de loin, et qui ne cessera pas. Le malheur est que, parfois, je ne la vois plus, qu'alors je me sens le dernier des hommes. »

Partant, je n'ai pas un besoin vital de briller, ou besoin d'un retour, sinon en confirmation... En privé, d'où les retraites obligées, je me donne toute, tandis que peu en public, lui c'était l'inverse. Au fond, c'est ça : de même les bêtes pour qui chez les unes, c'est le dur, le cartilage qui est à l'extérieur (les crabes, les langoustes, les scarabées), le vulnérable à l'intérieur, et, chez les autres, le sensible, le tendre qui est au-dessus (les hommes, les chats, les chiens), l'ossature, le solide au-dedans, Paul, mobile, vif-argent, mercurien aux chevilles ailées, aussi peu instinctif que possible, était ascétique et rigide à l'intérieur là où moi-même, frappée d'immobilité apparente, je ne suis que débauches et évasions, plateau venteux, carrefour de sensations… Être écrivain finalement, c'est être tout, sauf sympathique. C'est construire par-devers l'autre à la dérobée… C'est faire croire qu'on est là alors qu'on n'est pas là, c'est être deux tout seul ou jamais assez seul, c'est être requis ailleurs où c'est beaucoup mieux, c'est quitter la surface où tout témoin nous maintient et courir avec soulagement à ces noces où la compréhension, tout à coup, est universelle, où une minute est une heure, une heure, un mois, un mois, une année… Être écrivain, c'est avoir un ventre de femme à l'endroit du cerveau où, à l'infini, ça s'enchaîne en volutes, c'est connaître à l'insu de qui vous aime des heures de gloire inexprimable, des morceaux de temps luminescents, c'est trahir, trahir absolument… Comme tout qui trafique dans son coin, qui est heureux tout seul, l'écrivain est naturellement déplaisant, il est humainement scandaleux, à soi seul une cellule maligne, un fossoyeur de chaque instant. Aucun des amoureux que j'ai connus ne m'a, comme Paul, accordé de vivre ça au long cours sans culpabilité ni honte… Un écrivain, s'il était honnête, ne devrait jamais proposer que l'intermittence…

Concilier être et être femme, déjà, c'est difficile… Le rouge, les talons, tout ça… Mais concilier être écrivain et être femme ? Ça ne va pas, ça ne va pas, je t'assure… Chercher, rester seul, flotter, lire, boire, réfléchir, se caresser, pleurer, veiller, guetter, comprendre, être soi, qui prétend et veut vous aimer nécessairement vient attenter à ça. Quand Sagan disait : « Après avoir bu trois whiskies, un homme me paraissait épatant, tandis qu'à jeun, il m'aurait semblé tout à fait moyen », j'entends la même affirmation. L'affirmation du je habité ; le je, à lui-même, pour le meilleur et pour le pire, marié ; le je autorisé, lui-même pour soi-même, à transfigurer la vie… Quant à être écrivain et être homme, que, jamais, ça n'a été, on l'a toujours su : voir toute la littérature, hommes-à-gouvernantes, hommes-à-leur-maman, hommes homosexuels, hommes robe-de-chambre, hommes immatures, impuissants, ou effrayés, hommes pornographes au contraire, jouisseurs et désespérés, Stendhal, Balzac, Flaubert, Hugo, Kafka, Proust, Pavese, Henry Miller, Simenon, Philipp Roth… je te laisse poursuivre toi-même, trop ici, pas assez là, trop là, pas assez ici pour une même énergie, c'est toujours l'axe sexualité-création qui grince et brinquebale dans les étoiles comme le balancier suspect d'une vieille horloge de l'univers. Pauvres, quand je te disais les écrivains sont des bêtes à part, des anomalies du prototype humain… (Ci-joint, Simenon : « Un compte à régler avec les femmes. »)

Il y a les *just awake* qui le restent jusqu'au soir, se rendorment en l'état. Il y a aussi, guère plus vivables probablement bien que plus séduisants, les infatigables, en corps à corps avec le dehors, les grands espaces, les gros animaux, les guerres, les femmes, l'alcool, le danger, ce qu'il est convenu d'appeler la vie… Quoique, à ce train, je n'eusse pas connu l'amour d'un Paul, quoique avoir besoin de courir dehors comme les enfants tout le jour et souvent la nuit aussi soit un signe d'immaturité, pour l'envergure, pour la générosité et la réputation de grands vivants, j'eusse tant aimé être de ceux-là. Pour la sensitivité, l'extension de conscience, les ondes de prolongement infinies que je connais sans bouger, je suis sûre qu'il y a grosse déperdition. Excepté dans la chambre des ébats où je ne laisse ma place à personne, mon cœur a toujours battu plus fort en épiant derrière la porte qu'en étant dans la pièce, car alors, *je ne sais pas* que j'y suis. Au milieu de ce grouillement d'ombres qu'est l'humanité, visible, je suis l'ombre de mon ombre. Invisible, sitôt la porte close, je me réintègre, je veille, je domine, je *peux*…

N'importe. Vivre, regarder vivre, ai-je encore le choix.

Si je ne dois plus rouler jamais en voiture à la droite d'un homme, de ce qu'il faut, un minimum, en émois et perceptions, avoir connu pour écrire j'ai fait moisson, je pense, et engrangé suffisamment pour le restant de travail… Si l'action est belle et enviable, pour moi on n'y *voit* pas à deux mètres devant soi, il faut que la vie linéaire se brise, que le mouvement s'interrompe, que la porte se referme, que le train s'éloigne, que l'hiver arrive, que l'autre soit manquant, que le silence se lève pour commencer à voir. Il y a la trajectoire visible et la trajectoire invisible, au fond seule m'intéresse la trajectoire invisible, ça tombe pile poil que l'une finisse quand la vieillesse commence… Si aimer, c'est se mettre à la place de l'autre, j'y fus, jusqu'à m'y confondre. Tel est le risque que Paul a pris en s'éloignant, qu'il encourt chaque heure, chaque jour un peu plus : que je le voie comme il est, non plus comme je l'avais construit. Ce n'est pas un moindre paradoxe que d'avoir été mon dieu sur la terre, pour, une fois au ciel, devenir un homme…

Un jour, Bernard qui s'était ému de ce que Glücksmann, qu'on voyait peu, était « plus mystérieux » que lui (dans les années 70) a décidé de s'embastiller dans son appartement de la rue des Saints-Pères, au-dessus du Twickenham, un « certain temps », le temps de « manquer au monde ». Las, c'est le monde qui lui manqua. Après trois jours de ce régime, ses informateurs défilaient au domicile comme pendant la Résistance. Nous étions « quelques-uns » à nous relayer. L'importante porte s'ouvrait et se refermait avec discrétion. Dans un état de nervosité aggravée, la cigarette non allumée en badine de prestidigitateur mêlée aux doigts, les chic boots portées ouvertes en godillots d'urgence et la chemise esclaffée, Bernard, comme un loup sur la moquette blanche, conduisait vers le canapé et, avec cette brièveté des heures les plus fiévreuses : « Alors... ? Et Un tel, tu l'as vu ?... Il t'a demandé où j'étais, non ?... Et tel ?... Ah bon ? Quel âge ?... Belle ? » Il a tenu, je crois, quelque trois semaines, observant comme d'un autre, à voix étonnée, les effets physiques et psychiques qui commençaient à l'entamer à l'instar d'un gréviste de la faim.

Lui, sans aucun doute, est fait pour vivre, non pour regarder vivre.

Écrire pour moi commence quand, nulle part, à l'infini, il n'y a plus personne à qui murmurer : « Au secours »... Reste ma mère que j'ai toujours trouvée, qui m'espère du fond du cœur, mais, recommencer à écrire à mon âge pour sa mère quand, sur les deux axes, le masculin a disparu, c'est un suicide littéraire. Reste ma sœur, mais, depuis quelque temps déjà, c'est une sœur qui me promet le châtiment de Dieu, Lequel, « tant que je n'aurai pas compris ce qu'Il veut me dire, m'enverra encore des claques et des corrections » et, contre Notre-Seigneur, puis-je aller ? Reste Augustin, le fils, l'œuvre vive, la justification, l'incarnation de Paul, mais, reçu en juin dans une grande école de Bordeaux, sauvé du chagrin par l'ambition, il vient, par ce train de septembre en direction de la gare Saint-Jean, de mettre fin à dix-huit années de ma vie de femme, de mère et de cuisinière, qu'il aille sans se retourner... Resterait le compagnon terrestre, l'amant-le-soutien-fervent, si, témérairement embarqué sur ce bateau karmique qui faisait route depuis trente ans, et de cette nature d'homme justement qui veut la femme pour soi – pour la satisfaction de ses besoins primaires –, las que je vive noyée-dans-ce-rêve-sans-fin, il ne venait de s'éloigner à son tour, le soir même du départ d'Augustin, c'est son droit d'être humain, même si, dans le mode et la manière, il s'y prit comme un boucher et ce fut inhumain. Il n'est pas, pour soudainement retourner leur queue et faire un massacre, pires bêtes dans la nature que les caméléons cauteleux, les lunaires immatures, les pharisiens qui ne s'aiment pas eux-mêmes et s'offrent en sauveurs, les humides apôtres de l'intelligence du cœur… Restent les membres de la commission Roman, mais je ne peux plus appeler au secours, c'est déjà fait. Reste toi, Richard Ducousset, que je viens à l'instant – incroyable, six heures du soir, veille de week-end, comme on court au lac, pour *voir* ou pour finir ce paragraphe –, de débusquer tout vif sur la ligne directe : « C'est Raphaële Billetdoux… – Oui, dites-lui que je suis en réunion, que je vais la… – Non, mais c'est moi… c'est moi, Richard ! » et, jeu du chat et de la souris, commande, décommande, nous n'avons fait qu'un livre ensemble, je n'ai plus l'âge ni le courage, tu ne rappelleras pas. Si donc la littérature, selon le pauvre Flaubert, est un « échauffement d'amour détourné », devant cette masse d'absence, de douleur, de frustration réunies, y suis-je ? Est-ce pour bientôt ? Crois-tu ?

Ne pas envoyer cette lettre, déjà, comme Kafka sa *Lettre au père*, c'est ce qui me guette.

Ou comme mon grand-père, qui ne remit sa thèse, devenue une monstruosité de trois mille pages, que cinquante-huit ans après la date, soit au terme de sa vie.

Ou, puisque voilà le pauvre Kafka, encore, qui revient sous ma plume, y ajouter au contraire, pour ta gouverne, avant de me jeter à la Seine, mon papier : « Amour, angoisse et épouvante », écrit, comment ai-je fait, Seigneur ?, moins de six semaines après la mort de Paul.

« Écrire, c'est traîner entre un lit et une table. C'est résister à l'engagement. C'est gagner du temps sur l'incarnation, la vieillesse et la mort, c'est gagner sa vie à la perdre, c'est un gros non à tout. On ne décide pas de dire non, on ne dit même pas non, on est, tout entier, ce non subversif. Le premier livre n'est pas, ne peut pas être une volonté. Le premier livre ne se conçoit pas. Il est un songe matériel. Il vient. Un jour, comme le chat ses poils sur le coussin, quelque chose de soi, après des nuits et des jours dont on n'a pas souvenir, est abandonné là sur le papier. Vous entendez dire : "Votre livre, le livre que *vous* avez fait, dites-nous comment… ?" Pour l'idéal, pour la suite, dans l'absolu, pour bien faire, ce jour-là, il faut partir en courant, ne pas savoir ce qu'on a fait. En décembre 70, le premier livre. En vingt ans, dix livres. En juin 2002, changé de nom. En octobre 2003, changé de peau. En vérité, pas écrit encore mon premier livre. Il est à venir. Le premier livre… »

Promesse publique, discrète provocation à l'intention d'un éditeur attentif, billetdoux non reçu... Ce petit texte, écrit pour Eric Neuhoff dans *Le Figaro Madame*, est toute ma production 2004. Comme une fille qui dit être contente de ses jambes ou de ses cheveux, je suis contente de ces lignes, je te les recopie.

Paul a été reconnu comme ayant été mon guide sur la terre. Ce guide va mourir, m'a-t-on dit, il va disparaître, mais il continuera à vous guider, et il sera plus puissant là-haut qu'il ne l'a été près de vous.

Puissant, il l'a été pour moi déjà, je trouve, de manière inespérée. Sans lui, avec deux artistes sauvages pour parents, avec une sœur si ulcérée par les effets de mon existence que j'aurais fini comme attendu par avoir honte, je n'eusse connu rien ni personne. Je fusse restée une crottée de l'enfance, une innocente, une mal dégrossie « *un peu simplette dans son effervescence* », une fille sans initiation, ni inspiration... Moi, à part nager, boire au goulot, ce qu'à trente-huit ans il ne savait pas faire, la psychologie des chats, et celle des bébés, qu'ai-je appris à cet homme ? Cette vie dont je me réveille comme d'une tornade dorée sans savoir qui je suis, sauf qu'un enfant, un beau jeune homme, est là, à côté de moi, ce n'était pas la mienne. C'était *ses* horaires, ses faims, ses impatiences, ses allées et venues, ses passions, ses indignations, ses amis, ses restaurants, sa famille politique, ses nostalgies, ses croyances, sa dynamique, sa direction à lui, jusque derrière la pierre où il est allé se cacher, où il savait bien que je ne le trouverais pas. Véritablement, il fut mon génie, ma lampe d'Aladin…

En même temps, pourtant, comme si ses fontanelles jamais ne s'étaient fermées, sous le masque puissant de maître de la Commedia dell'Arte, survivait le garçon stupéfié auquel a fait défaut la figure du père. Face à tout ce qui est capable ici-bas de manifester des goûts, une autorité, des certitudes, de poser des actes fondamentaux, comme dire je t'aime et s'engager sur papier, écrire un livre et le signer, briguer un poste ou un titre, acheter des murs, délimiter sa place d'être vivant sous le soleil et désigner le sens de son destin – d'où son étonnement, précisément, quand lui-même à près de quarante ans n'était encore rien, devant ce B.H.L. de vingt-quatre ans, ses talonnettes et son petit iris noir qui, çà et là, déjà, faisaient feu à la surface du globe –, Paul, lui, en vie par miracle, comme en sursis depuis l'enfance avec une hypothèque sur la tête, offrait une vacuité affolante… Rencontrait-il un architecte, un porteur de valises, un plombier, une rescapée de la rue des

Ecouffes, un chauffeur de taxi, une secrétaire amoureuse venant d'être larguée, il retenait, questionnait, s'inquiétait de l'heure et du lieu de la naissance, épousait les préoccupations du moment, se pénétrait de tous détails qui causaient difficulté et, miroir de leur identité, désertait la sienne en chemin… Rencontrait-il des ministres ou des paysans, des fanas de la pelote basque ou de la tauromachie, des êtres anglais, des Montpelliérains ou des Africains, jusqu'au chirurgien qui allait, huit jours plus tard, l'ouvrir en deux et le priver d'un de ses poumons, aussitôt plus intéressé par leur origine et la direction que prenaient leurs jours, pressé de se fausser compagnie, il se jetait dans la connaissance…

Ainsi, moi, tout ce qu'il m'est advenu, tout ce que j'ai vu, pensé, éprouvé, rencontré et vécu sur cette terre l'*a été* pour, ardente, frémissante, le rapporter aux pieds – « bonne chienne », disait-on en riant –, lui en faire, comme mère à enfant, aussi longtemps qu'il posait des questions avant le sommeil ou le matin, un récit vivant et coloré, « qu'il ait la satisfaction d'avoir vécu deux fois la journée, dont l'une plus légèrement que l'autre » ; … *l'a été*, vu, pensé, éprouvé, rencontré, vécu, pour, sans faille, revenir étancher cette soif inextinguible, alimenter cette hydre aimable, passive et ravie, en trente années de vendredis et de samedis sacrés, soit trois mille cent vingt nuits, trois mille cent vingt petits déjeuners pris, tels deux Romains, sur un coude, de part et d'autre du plateau, à l'issue desquels subsistait l'impression merveilleuse d'avoir reçu à poids égal quand, déjà reparti, rien, en réalité, ou bien peu, de lui, de sa semaine, de ses pensées n'avait été concédé.

Ainsi allait-il partout, sans cesse, la gourde toujours vide, puisant dans le savoir avec autant de grâce chez les morts que chez les vivants, s'enquérant obstinément de la *nécessité*, du pourquoi le mouvement, du mécanisme de la mise en marche… Lui, acquérir un costume neuf, choisir une valise, décider de quitter une femme avec qui ça ne va plus, émettre un jugement ou une appréciation, changer de marque de biscottes, dire le matin ce qu'il allait faire le soir, c'était impossible, ou mille tourments. Unique alternative : faire diversion, prendre la tangente, être occupé déjà avec le tout-venant, qui permet le « Je verrai plus tard… », sortir, se transporter ailleurs, être curieux, se griser, s'étourdir à la source de l'autre, partager, transmettre, écrire, bouger, voir, rire, danser… Quand un dossier est urgent, disait, je crois, Talleyrand, mettez-le de côté. Très vite, il ne l'est plus. Quand un homme tel que Paul, un jour, apprend qu'il a un cancer, tu comprends pourquoi il fait mine de se battre, et se saborde. Quel choix était le sien :

renoncer à l'illusion de lui-même, à l'éternelle jeunesse, ou passer de l'autre côté du miroir. Cet après-midi-là, aussi, il a dit : « Je vais voir… Je vais réfléchir », il a repris deux Nicorette, a garé la voiture place Edgar-Quinet devant la pharmacie que tu connais en bas de chez moi, en a racheté trois boîtes « parce que je n'en ai plus », a pris *Le Monde* également, qui venait d'arriver au kiosque, c'était un lundi… Un bref regard vers la place, si l'avait traversée par hasard, à cet instant, Augustin, que j'avais laissé dîner seul la veille à la maison (Menu), puis il est remonté en voiture et rentré chez lui où, je suis sûre, il s'est allongé, chevilles croisées « pour que la chaleur monte », *Le Monde* à la main, et s'est endormi. Tel il est aujourd'hui là où tu sais, *Le Monde* en moins, qui furent, avec *Le Figaro*, achetés et posés à portée de main sur le drap jusque les derniers jours… A-t-il réfléchi, compris quelque chose ?… Toute sa stupéfaction, son innocence, son incompréhension qu'il puisse survenir, au milieu de la fête, des arrêtés pareils, ne transparaissent-elles pas dans cet instantané qui le saisit, gentil, comme passant là par hasard, les bras écartés, la tête penchée, ses deux genoux en dedans ainsi que derrière la haie de Dury-lès-Amiens à l'époque de ses culottes courtes, prêt à repartir en courant, chafouin, pour tirer la queue du chat ?

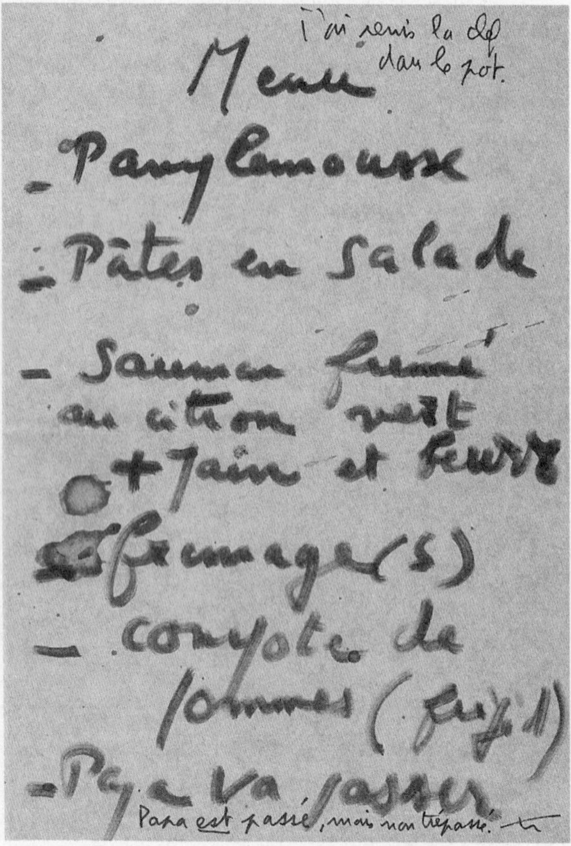

J'ai remis la clef
dans le pot.

Menu

- Pamplemousse
- Pâtes en salade
- Saumon fumé
au citron vert
+ pain et beurre
- fromage(s)
- compote de
pommes (fuji !)
- Papa va passer.

Papa est passé, mais non trépassé. —

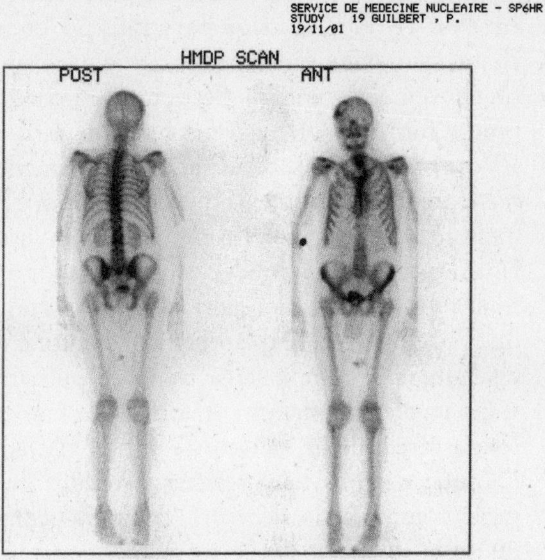

Si respectueux de ceux qui savent, si désarmé et enfantin devant les choses du corps, si courtois et ponctuel aux rendez-vous où son extraordinaire intelligence du jour au lendemain, comme bonne à remiser, était devenue inutile, tout comme il n'a jamais compris qu'on lui jalouse ses amis, qu'on lui fasse des crasses, qu'on le harcèle et l'insulte, il n'a pas compris que l'anesthésiste, d'une humeur massacrante pour une histoire de planning, le reçoive comme un malfrat, il n'a pas compris qu'on lui ait eu dit qu'il n'aurait pas mal, alors qu'il a eu mal, il n'a pas compris qu'on lui ait eu dit qu'il ne pourrait seulement plus courir derrière un autobus, alors qu'il n'a plus pu, en marchant, faire deux cents mètres, il n'a pas compris qu'en veine de communication à mi-parcours, plutôt fier, il confie gaiement à son médecin : « Voyez-vous, dans cette affaire finalement, je me comporte comme si j'étais le reporter de moi-même... », et que l'autre, la banane jusque-là, *allegretto* lui réponde : « Oui, c'est normal, tous les cancéreux font ainsi », il n'a pas compris que ce radiologue de quartier l'ait eu gratifié d'un chaleureux « Comment ça va ? » et puis, montrant le plan lumineux : « Vous avez une belle lésion cérébrale, là, d'accord ? Il faut vite aller à l'hôpital et vous faire soigner, d'accord ? », lui parle comme à un demeuré, il n'a pas compris qu'on le soigne et le tue en même temps, il n'a pas compris que, entré au Val-de-Grâce sur ses deux jambes au milieu d'une haie d'honneur d'infirmières – « Vous revenez nous voir, monsieur Guilbert ? » –, il ressorte huit jours plus tard en petite chaise, il n'a pas compris qu'il ait péri par la main de l'homme, alors que c'est guéri par elle qu'il eût dû être... Mais, là encore, à tout il avait répondu : « Si vous voulez. » Tolérant, obéissant, vacant, comme séparé de ce corps déjà dont on lui disait il faut nous le donner...

Ne jamais dire à un oncologue : « Si vous voulez. » Ne jamais, là où l'échec est roi, laisser l'autre décider pour soi.

Il a essayé un peu encore devant le radiologue de la Salpêtrière, qui lui plaisait parce qu'il se trouvait être un descendant de Paul Valéry, et devant l'autre professeur, comme s'il eût été dans la compagnie agréable de deux confrères du monde politique, un jour dramatique où ils lui apprenaient que « malheureusement », la lésion n'avait pas « répondu favorablement » au traitement, de plaisanter tout de suite, à nouveau, toujours par ce même désintérêt pour sa personne, à propos d'une de leurs secrétaires particulières, dont il avait ouï dire qu'on l'avait vue danser je ne sais où… À quelques heures de sa mort qui se pouvait voir, accrochée tel un écriteau au visage consterné des deux autres, cette gaieté n'a pas bien été comprise, il a croisé ses deux mains sous le menton et il s'est tu… C'est de l'avoir vu, mon Dieu, être faillible, faible, faillissant, défaillant, devenir un tout petit enfant puis une pauvre chose que je ne me remets pas !… « Charlot est mort, il nous a bien fait rire !… » Prononcée d'un ton théâtral par Maurice Siegel, je crois, sur Europe 1 le jour de la disparition de Chaplin, cette annonce nécrologique qui l'avait mis en joie était devenue, entre nous, un refrain, une ponctuation, qui revenait à tout bout de champ… Charlot est mort, il nous a bien fait rire !… Charlot est mort, il nous a bien fait rire !

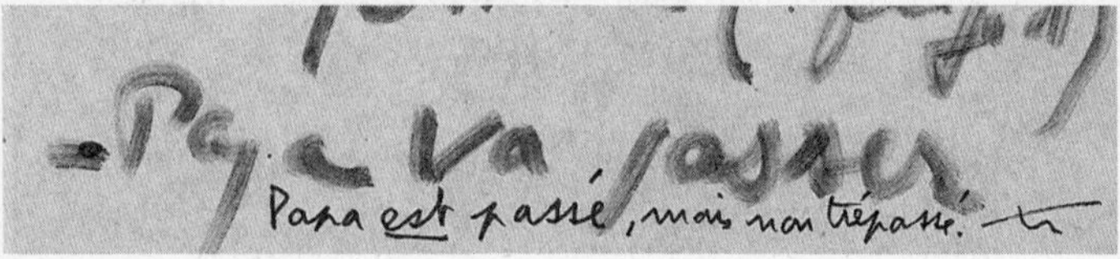

Il souffle sur Paris un gros vent lourd comme si Dieu et ses servantes s'évertuaient à détendre d'énormes draps… Il est admis maintenant, je pense, tacitement, que Monsieur Ducousset a sa vie, moi la mienne, qu'il n'y a pas matière à rapprochement. C'est bien ainsi. Il serait presque dangereux à présent de vouloir prendre de mes nouvelles, je ne sens plus mon corps, mon esprit doucement entre dans la nuit, j'ai cent ans d'âge, je n'ai plus besoin que de mes souvenirs. Les grains sombres des aréoles de ma mère, l'accroc dans la capote de mon landau, les doigts de mes mains en marionnettes le matin, le bout déchiqueté de ma tétine, la nuit sur le monde la première fois, l'endormissement dans mes larmes, la fessée cul nu à l'école, le verre d'eau après avoir joué, le a, le y, le m, le miracle de la première addition, 1001, 1002… 1100 !, les coquelicots, les guêpes, les chats, l'apparition du sang sur la peau, le bruit qu'on émet dehors quand on pleure, les trous pour les jambes dans la culotte, les hurlements dans le noir au Guignol, l'étoile verte des mandarines, le premier aveugle, la mie de pain dans le lait chaud, le rond avec le compas, les réactions inattendues des adultes, l'œuf lâché vivant dans la farine, les bonbons de la prostituée rue Jules-Chaplain, le tendu de tissu noir quand on était mort, aux portes des immeubles, et les initiales brodées, le mousseux éblouissant des vagues, le désarroi de six heures, la cornette des religieuses, l'odeur du vivarium, le croisement avec l'œil d'un éléphant, un lapin pendu à un clou déshabillé tout vif de sa fourrure..., grosso modo, jusque-là, avaient été les grandes empreintes de mon existence. À ceci qu'on s'émeut outre mesure pour l'enfance de l'autre, on reconnaît le véritable amour, Paul en avait réveillé toutes les essences. S'était ensuivie, me semble-t-il, une longue période, inégale et tourmentée, dont il me revient seulement que Paul y mit un terme... Tout alors, du jour de sa venue, recommença, ne fut plus que succession de premières fois, de baptêmes plus violents les uns que les autres !... Vrai ! comme disait Rimbaud non sans fureur, si la vie devait repartir, ce ne serait plus pour moi, maintenant, que redites, récidives et duplications de ces empreintes premières que, pour un écrivain, mais pour tout homme, finalement, car notre vie s'écrit tous les jours, on appelle le déterminant primordial, à commencer par la nudité, le premier nu à nu contre l'homme – «*J'ai cru, moi aussi, que vous ne survivriez pas à votre première nuit d'amour, nous sommes également atterrés de votre survie*» –, le réveil à deux dans la chaleur en plein après-midi, le droit à soi-même octroyé de rester au lit jusqu'à ce que la faim seule vous en tire, la choucroute du Müniche à cinq heures, les œufs de lump au Procope, la goutte de vin après le café, les librairies à une heure du matin, les romans ouverts, debout, à la première page, la traque de la première phrase, la campagne au ciel noir bruissante de spectacles et de festivals, la première feria, le premier taureau mort, la socca mangée chaude dans du papier en marche dans les rues de Nice, Dalí, Perpignan, Kessel, le Chant des Partisans, la sardane sur la place de Banyuls, le rivesaltes, Cadaquès, les galeries d'art, les moules à l'escabèche au soleil couchant, les bébés couverts de sel et de sueur endormis n'importe comment, l'entrée hallucinée dans Burgos surchauffée, tous les tunnels du Mont-Blanc ventre à terre en enfilade jusqu'à l'Argentario, la voiture brûlante dissimulée dans les pins au milieu des criquets, la luxueuse propriété toscane, le bruit sourd au loin des balles de tennis comme dans les romans de Rosamond Lehmann, l'écho des voix des autres invités, déjà, dans la piscine en contrebas, les «mots intelligents» que, caché par la végétation encore, il cherchait rapidement avant de s'approcher, le rocher de journalistes au soleil à la pointe d'Orbetello, le bruissement lent des feuilles de leurs journaux dans l'accomplissement des vagues, et l'arrivée par mer, soudain, nus, cheveux au vent, surgis Dieu sait d'où, debout dans un petit canot à moteur qui nous fit lever les yeux à tous, de Bernard, non encore philosophe, et de sa nouvelle amie Sylvie B., les aubes orange et bleues au-dessus d'Aberdeen, les planches de Los Angeles au son des trompettistes noirs au milieu des mouettes, le monde comme une émanation de son être, New York, La Nouvelle-Orléans et les rues du plaisir, Miami, Haïti, la Martinique où je fus conçue, Londres, Saint-Jacques-de-Compostelle, tous les châteaux de France et de Bavière, la Grèce, les monastères, le tour de la Crète en quinze jours et les Aphrodite Child's à plein volume dans le lecteur de disques, les premiers bains sans maillot à l'heure de l'angélus, la Méditerranée comme un lac devant les perrons de pierre, les marins à tête d'acteur, les ânes qui se rapprochent des hommes vers le soir, les chats aux yeux bleus qui patrouillent en silence, les papillons de nuit au fond du ballon de rouge, nos draps, nos moustiquaires, nos espadrilles, la première tromperie, le premier ouzo, la première grappa, le pont de Mantoue, le dôme de Ravenne, la cathédrale de Westminster, les rois, les reines, les saints, les écrivains, les peintres, les poètes partout en cortège derrière nous comme s'ils fussent de la parenté, les drames, les crimes, les liaisons, les infidélités, la littérature inextricablement liée à la vie, la maison de Mozart, la maison de Rabelais, Hauteville House, la Vallée-aux-loups, Rousseau et Madame de Warens, Bernadette Soubirous dont je serais une descendante, Lourdes où il tomba à genoux dans la foule, toutes les abbayes, toutes les régions de France, le Canal du Midi, Oradour-sur-Glane, la Saintonge, l'étrange bain de Roux et de Rax rebondissant tels Zig et Puce sur la mer Morte, le mont des Oliviers, la descente au tombeau de Jésus et le racket à chaque tournant, Jérusalem, le chant tuant des grenouilles dans l'obscurité, les mouches qui se chevauchent en plein vol dans un bruit de baiser sous un soleil mordant, les dîners aux bougies et à la citronnelle devant la Sainte-Victoire, les cris à voix basse jusque tard dans la nuit pour défendre un style ou un auteur, ceux qui avaient du talent, ceux qui n'en avaient pas, qui n'en auraient jamais, ceux qui étaient intelligents, mais pas artistes, ceux qui étaient artistes, mais pas intelligents, la question du « point de vue », en littérature, le problème de l'engagement, pour un écrivain, la psychologie des obscurantistes, et celle des dictateurs, le magnifique : « J'ai vu des hommes dans la même journée être à la fois des héros et des salauds », de Simone Veil, les masques, les lâchetés, les ambitions, les nacelles où il faisait trop chaud pour se balancer, les chic poufs disséminés sur les terrasses, le bref grésillement des points de cendres rouges dans l'obscurité, les yeux luisants de la jalousie et, en arrière-fond, qui se profilait chaque fin d'été, qui progressait comme un grondement sourd d'avant-guerre, le spectre de la rentrée littéraire…

Aussi, lorsque, disparu, en balade avec un autre à l'extrême pointe de la côte bretonne pendant la canicule, le cherchant dans chaque antre, chaque coin d'ombre, et me dirigeant comme à sa suite vers la bouleversante petite église, à la proue de l'Europe, qui, depuis le XIIe siècle, fait face à l'océan, derrière moi j'entendis : « Mais où vas-tu ?… Il n'y a *rien* dans cette église ! », mais peut-on ouïïïr plus con !…, hurla ma douleur à bas bruit… et, pleurant amèrement devant les cierges des naufragés, la rate implora son Roux de l'aider à continuer sa route.

Ce soir, il devrait être en Asie avec Chirac, mais rien dans *Le Figaro*, « notre envoyé spécial » est un autre journaliste, où est-il ?… C'est une croyance si anciennement ancrée dans mon imaginaire et mon temps intérieur, que, tandis que j'écris ou que je dîne seule à la maison, il est à la fête, convive éternel, convive idéal, célibataire, intelligent, disponible, pour l'une ou l'autre de ces maîtresses de maison parisiennes que tu connais, même ce soir, où je *sais où* il est, je me surprends à le croire encore.

Rouse
souhaite un bon dîner
de croquettes
à sa petite
Rate
qu'elle aime
ainsi qu'au
bébé-raton
qui fait
« hoc, hoc »

Chez qui, où dînait-il lui-même, ce soir-là, je n'en sais rien, ce n'est pas maintenant que la jalousie me rejoindra. Anesthésiée pour toujours en une seule fois, à vingt-huit ans – « J'ai deux aveux à vous faire, m'amour : le premier est que je vous aime sans appel, le second est que j'ai ouvert votre sacré tiroir… » – ou porteur sain équilibrée, je ne connais pas ce mal.

C'était un luxe, déjà, que de rouvrir l'œil près de cet enchanteur, d'entendre le langage jaillir de ses lèvres, de l'observer en toutes saisons, de recueillir les traces de son existence. Quand il était avec vous, comme disent les Américains, vous pouviez être sûre qu'il était avec vous et pas avec une autre, il m'a fait moins de mal avec ça, en trente-deux ans, qu'un autre de ma connaissance, en deux mois.

Toute femme, de 1970 à 2002, a été trompée par lui avec moi, et toutes ensemble, elles et moi, de la plus jeune à la plus âgée, de la première à la dernière, nous avons été trompées avec une seule et unique, perdue en 68 : sa mère. Il fallait être à la fois belle et inhibée, jeune et vieille, enfant et mère, légère et stable, autonome et dépendante, intelligente et réservée, secrète et en vue, libre et silencieuse, c'était compliqué. Si elle était née un jour, deux jours avant la naissance de sa mère (29 juin), si elle était née un jour, deux jours après la mort de sa mère (11 janvier), c'était bon. Si elle était, en réplique à sa douleur, du nord de la France ou, au contraire, du sud – « le Nord pense au Midi et le Midi ne pense à rien » – ; si elle avait des notions de picard, un léger accent, était proche des animaux, du langage de l'enfance, avait le sens du sacré, c'était bon. Si elle était orpheline de père, ou d'un pays perdu, était un peu poète, un peu infirmière, manquait de confiance en elle, était nostalgique, volontaire, indépendante et courageuse, c'était bon... Quand Paul souffrait trop, qu'on exigeait de lui bientôt qu'il s'engageât, il arrivait qu'il demande mon éclairage : je rencontrais la personne, j'expliquais que je n'étais pas l'obstacle, que ce n'était pas mon terrain, Paul, si mon existence était son alibi, était libre... Simplement : « Quoi que vous parveniez à obtenir par les moyens stratégiques habituels, ça changera, entre lui et moi, juste rien : nous sommes malades l'un de l'autre... »

Comme d'un bébé on aime tout, je l'ai aimé jusque sa liberté, jusque ses manquements à notre égard, jusque son besoin d'aimer mes semblables, jusque ses métamorphoses successives, jusque les gestes ultimes que j'ai dû faire sur son corps...

Il a eu si peur, les vingt premières années de sa vie, de ne pouvoir s'éloigner jamais de cette mère, seule, aimante et autoritaire, de ne pouvoir quitter jamais ce village de sa Picardie natale, son ciel bas, ses briques rouges, sa froidure, les visites sans fin à la tombe du père, si contraint il a été, si froid il a eu, à présent que sa maman était morte, qu'il était grand, qu'il était libre, la parisienne fille d'auteur de théâtre de Montparnasse que j'étais, coupable à vie d'avoir été *plus heureuse que lui* enfant, désirait, avant tout, qu'il lui soit donné de rattraper le temps perdu... Inguérissable voyageuse à l'intérieur de ses souffrances, avant que n'affleurent à mes lèvres les récriminations qu'à partir de la naissance d'Augustin, du moins, j'aurais pu formuler, je redevenais le petit Paul de quinze mois déraciné sans explication trente longs jours dans une campagne inconnue à la naissance posthume de sa sœur ; j'étais le jeune élève de la Providence devant le père Duval – « Montre tes doigts !... Montre tes doigts ! Pas de ce côté, l'autre ! » – qui les tendit sans comprendre et, à toute volée sur les ongles, reçut la règle d'acier ; j'étais le maigre adolescent des mois d'hiver en capeline, pédalant à jeun, dans la nuit, sous la neige et la pluie, pour répondre présent à la messe du matin ; j'étais l'homme étudiant abandonné par « Odile », son premier amour, et qui, dans ses veines de rouquin ce jour-là, eut comme la sensation « que la mer se retire » ; j'étais le grand fils de trente-six ans qui, vingt ans plus tard encore dans les restaurants parisiens, pleurerait au souvenir des trois paysannes qui l'avaient élevé ; je fus le sans-emploi de quarante ans, rejoint par la rumeur d'un projet de nouveau journal fondé par Philippe Tesson, qui fut près d'une demi-journée, cinq cafés, six allers-retours aux toilettes, avant de pouvoir décrocher le téléphone et demander un rendez-vous ; je fus l'homme de cinquante-quatre ans, jeune père depuis trois mois, qui monta seul, un soir à Tokyo, s'asseoir devant le bureau de sa chambre d'hôtel tandis que ses confrères partaient en boîte, prit une feuille du papier à lettres « The New Otani », et commença ces mots :

6 mai 86

Mon fils

Pourquoi es-tu venu si tard dans
ma vie, toi qui la tranche et la
simplifie ? je ne reviens pas du si
long jour du 26 avril où je t'ai
vu la tête renversée, hésitant entre
la surprise et le consentement, recevoir
l'eau dans le choeur de Saint Germain

… je fus l'homme de presse au bout du monde qui souffrait comme un insensé, tout à coup, non plus par une femme, mais par un bébé ; je fus le reporter angineux, cigarette à la bouche, affreusement stressé qui, sans avoir déjeuné, écrivait sur ses genoux dans les cahots et la chaleur des autocars ; je fus chacune des cellules de son corps qui, chaque fois qu'elles protestaient un peu, recevaient une mitraille d'antibiotiques ; je fus le journaliste vieillissant qui apprit par un confrère qu'un jeune loup, un beau matin en conférence, avait décrété : « Il ne faudrait pas que Guilbert s'imagine qu'il peut continuer à écrire ce qu'il veut » ; je fus le détrôné un peu partout, en perte de territoire ; je fus l'hospitalisé de Percy du 4 mars 2001 cinq heures du soir, pour ablation, à l'aube, du poumon droit, au point, « bonne chienne », de l'être moi-même, même jour, même heure à Notre-Dame-du-Bon-Secours pour hémorragies en jets, tandis que des amis recueillaient notre Augustin ; je fus l'opéré tout enrubanné de pansements dans un halo de vapeur d'eau qui, à peine rentré du bloc sans son poumon, très en colère, gueula pour information : « C'est une expropriation de soi-même ! », et jamais n'en reparla. Je fus celui à qui on avait promis : « Vous serez en forme en septembre… »

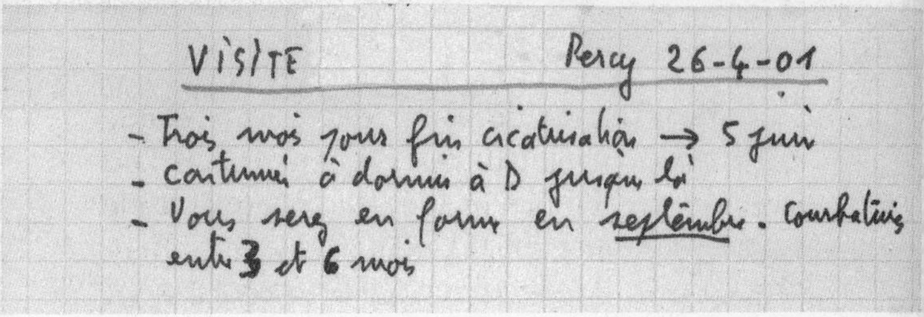
VISITE — Percy 26-4-01

- Trois mois pour fin cicatrisation → 5 juin
- continuer à dormir à D jusque là
- Vous serez en forme en septembre. Courbatures entre 3 et 6 mois

qui, sans cesse, relisait cette note, et sentait bien

qu'il ne l'était pas ; je fus l'écœuré d'avoir accepté qu'on attente à son intégrité, sans avoir été informé de tout ; je fus le par deux fois trépané, dont les bras flottaient comme des algues au-dessus de la tête pendant le sommeil ; je fus le gisant qui refusait toujours de livrer les lourds secrets qui achevaient de le dévorer ; j'essayai de le suivre aux portes de cette expérience difficile qu'est le fait de perdre son corps et sa vie, je n'ai pas réussi, intimidée parce qu'il était en train de changer de forme, je suis entrée, comme à plusieurs reprises déjà, par éclipses, dans le déni.

Puisque, une à une, du bébé au vieil homme, par cette pathologique osmose qui me caractérise, j'ai été tant de ses stations de souffrance, puisque, par lui, à travers lui, j'ai été celle qui prenait sur soi la moindre des atteintes à son intégrité, à son innocence, à ses illusions, pourquoi n'ai-je pas, à chacun de ses plaisirs, eu aussi le plaisir de ses plaisirs ?

« Notes. Octobre 2001.

J'appelle à vingt heures.

– Ça va, Roux ?... Où en êtes-vous ? (de l'article à dicter pour B.F.M.).

– Ça va... Il me reste un feuillet à écrire...

– Un feuillet encore... ? Vous ne deviez pas enregistrer à dix-neuf heures ?

– Je vous ai dit à dix-neuf heures ?… Quelle heure est-il ?

– Il est huit heures.

– Votre réveil doit être…

– Non, non, je vous assure…

– Ah bon… Il est vingt heures ? Ah, la barbe ! »

« – Je me suis entendu, ce matin, à B.F.M… Alors là, pour le coup, j'avais une voix d'outre-tombe… J'entendais cette voix dans mon demi-sommeil… Je me disais : "Bon Dieu, ce type est soporifique…" »

« Quelques phrases qu'il a dites hier soir.

5 novembre 2001.

– Je ne me dis rien, j'attends que ça passe.

– Mais quand, de vingt minutes en vingt minutes, on vous rappelle, alors que vous avez déjà une heure de retard, que vous redites à celui qui vous attend : "Oui, je partais !", vous croyez vraiment que vous êtes sur le point de partir… ? Ou c'est pour le rassurer ?

– Pour le rassurer… Je sais que c'est un peu juste, que j'ai encore un certain nombre de choses à faire, mais…

– Mais quand il vous rappelle, est-ce que vous vous rendez compte qu'une heure a passé ?

– Non.

– Mais vous faites quoi, en raccrochant ?

– Eh bien, je reprends un bout de rasage… Je repose le rasoir, parce que j'ai mal à la tête ou mal au ventre… Je fais un tour dans la pièce…

– Cette heure, vous la vivez comme du temps qui passe et vous êtes tourmenté, ou… ?

– Non, je repars dans ma tranquillité… C'est le nouvel appel qui me dérange… Au fond, c'est le stress qui fait qu'on arrive à l'heure à un rendez-vous… Je ne suis plus suffisamment mobilisé pour arriver à l'heure, voilà…

– Bernard m'a dit que vous étiez arrivé au grand déjeuner du *Figaro* avec plus d'une heure et demie de retard et, ce qui a beaucoup surpris, sans exprimer aucune excuse… On dirait que vous n'avez plus cette culpabilité que donne le…

– C'est un grand luxe, finalement, de pouvoir déjeuner seul… Parce qu'on n'est plus encarté dans le temps… par quelqu'un qui vous force…

– Mais quand vous dites que les autres vous fatiguent, que vous n'aimez plus les voir, c'est quoi… L'impression que les écailles vous sont tombées des yeux, qu'ils ne sont plus aussi… ?

– Non ! Non ! Je les vois toujours comme ils sont… Comme je les ai toujours vus… Ce n'est pas eux qui ont changé. C'est moi que ça fatigue.

– Vous n'avez plus envie de jouer le jeu, quoi…

– Voilà… C'est ça… Comme le tigre serait lassé de ses rayures, je suis lassé de l'humanité.

– Je vous ai demandé l'autre jour si vous aviez des idées noires, ce que vous m'avez répondu est incroyable : "Qu'est-ce que c'est, des idées noires ?"

– Oui, des idées noires, ça me ferait plutôt rire…

– C'est Augustin qui était inquiet, qui m'a dit : "Papa est devenu extrêmement lent, tu devrais lui demander si…"

– C'est parce que je diffère l'effort… Je n'ai plus d'automatismes… C'est très curieux de faire d'aussi énormes efforts pour d'aussi petits gestes… Me coiffer… Remonter un réveil… Boire le café… Mon sentiment d'existence, pour l'instant, c'est le geste que je vais avoir à accomplir dans l'instant… Je n'ai ni passé, ni avenir… Comme Spinoza, *res momentanea*… La pénibilité est constamment hypothétique…

– Et quand vous avez faim, par exemple…

– Je viens de vous expliquer que je fais passer ce que je vis avant ce que je vivrai… La faim, déjà, implique une sorte de prévision… Que j'aurai pris ma douche, que je serai habillé, que le restaurant ne sera pas fermé, que je n'aurai pas de hoquet. Je n'ai plus ni prévision, ni prévoyance…

– Mais vous ressentez quoi, physiquement ?

– Ce nouveau corps m'emmerde !… C'est un nouvel être, beaucoup plus mystérieux que celui que j'ai découvert après l'opération… Le premier, il faisait un bruit de gargouillis… C'était difficile de faire plus de deux cents mètres… Celui-là… Il est très difficile de le décrire… De lui donner un nom… En dépit de ce que vous dit Augustin, je n'arrive pas à me convaincre que cette lenteur serait morale ou mentale…

– Mais vous qui n'étiez que stress et inquiétude pour l'autre… Avouez que c'est quand même bizarre que…

– La crainte que j'ai de désobliger la personne qui m'attend m'accable moins, maintenant, que la prévision du geste que je vais devoir faire dans la minute qui suit…

– Et est-ce que ce n'est pas à cause de la douleur ?

– Non, car ce n'est pas une vraie douleur… Plutôt un dolorisme… Sur toute la surface du torse, ici devant, comme à l'arrière, entre les épaules… Une sorte de faiblesse thoracique… C'est tout ça que je vais étendre tous les quarts d'heure, avec l'impression d'être exténué.

– Comment est cette douleur ? Brûlante…

– Non.

– Coupante ?

– Plutôt, oui.

– Lancinante ?

– Oui.

– Constante ?

– Oui.

– Précise ?

– Oui.

– Tiraillante ?
– Un peu…
– Transperçante ?
– Un peu, peut-être…
– Rongeante ?
– Non.
– Rayonnante, irradiante ?
– Oui.
– Contuse ?
– Si vous voulez dire : comme si j'avais reçu un bon coup de poing dans l'estomac et que les effets de ce coup de poing subsistent, oui…
– Et le mal de tête ?
– Ça tire… comme si je manquais de peau.
– Le matin ?…
– C'est plutôt mieux… Vers le soir, je m'aperçois que ça va moins bien… J'espère que demain sera mieux.
– De la colère ?
– Non, pas de colère. Pourquoi ?
– Et quand vous riez ?
– Le rire ne me fait pas mal. Mais comme je ne ris pas…
– J'avais remarqué votre lenteur, moi aussi… Je pensais que vous aviez ce qu'on appelle une dépression larvée… Mais vous n'êtes pas triste… Et des idées parasites, vous en avez ?
– Je tâche d'avoir le moins de représentations possible… On peut très bien faire le vide et devenir idiot.

– Mais vous, ce grand loquace, c'est ce qui frappe, vous voilà devenu totalement silencieux… Vous pensez à quoi quand vous vous taisez, comme ça, des jours entiers ?

– À rien.

– Vous parvenez à ne penser à rien ?

– Je suis né pour ne penser à rien. Donc, chez moi, l'effort pour avoir la tête vide n'est pas difficile.

– Vous ne craignez pas… Je ne sais pas, une opération ou…

– Ce n'est pas une éventualité, non… Je pense que c'est un mauvais passage. Je n'ai aucune inquiétude. C'est sûrement guérissable. Je sais seulement que ça devra cesser.

– Qu'est-ce que je pourrais faire… qui vous ferait plaisir ?

– Rien. Franchement, rien. Je me réjouis de ce qui réjouit les gens que j'aime. »

« Lendemain. 6 novembre 2001. Anniversaire naissance maman. Diagnostic : tumeur au cerveau. »

La Picardie, j'y suis allée, j'y ai vécu un peu, tourné le film que tu as vu, *La Femme-enfant* – où Kinski, sous ma direction, entre dans son lit (comme Paul y entra longtemps) debout, un pied après l'autre –, et écrit à je ne sais plus quel journal :

« Je vous écris de Picardie… – D'où ça ? » Le nom généralement paraît frapper l'oreille pour la première fois. Le natif, alors, loin de se vexer, garde cet air rentré qu'il a pris dès la naissance à l'égard de son propre pays : personne n'est prêt comme lui à comprendre et à pardonner que l'on ignore son existence.

Je vous écris de Picardie… Picardie, en France, dans la baie de Somme, pays de brume blanche, pays de la betterave et de la pomme de terre, pays dont on n'ose même pas dire que Parmentier – seul homme célèbre que cette terre ait produit – y vit le jour car l'on n'y voit pas, le plus souvent, à trois mètres devant soi.

Je vous écris de Picardie. Le ciel ici descend plus bas que terre, l'hiver même, il semble qu'il cherche à l'attaquer comme le temps une vieille sculpture.

L'âme humaine par-delà le brouillard sait toujours que la plaine la prolonge et que, sauf un clocher soudain à l'aplomb de l'horizon ou, là-devant tout à coup fièrement au sommet d'une motte gelée, un oiseau noir qui se croit au-dessus des nuages, rien d'autre, nulle part, jamais, ne brisera le regard.

Je vous écris de Picardie… Les courants d'air font battre le portail des églises, le curé fait caresser l'une par l'autre ses deux mains désolées, ce qui reste de gens pieux s'en va vers la cathédrale.

Dans le grand cimetière carré qui regarde le centre commercial le long de la route de Paris, les jeunes de Picardie ont posé une plaque à la mémoire de l'un d'entre eux, la luzerne fleurit sa tombe. Une odeur de café bouilli flotte dans les cuisines. Derrière les longues façades de brique rouge et les petits rideaux, Untel n'est plus, qui s'est pendu à la poignée d'une porte et tel autre non plus, qu'on avait l'habitude de voir assis de l'autre côté de la rue sur le petit mur. Il a fini par monter jusqu'à la poutrelle du grenier, puis il a poussé le tabouret.

Je vous écris de Picardie… Autour des marais de Longpré-les-Corps-Saints, on attend, la goutte au nez, la bernache, le mignon et la sauvagine. Les chasseurs arrivés de toutes parts sans bruit dans la nuit guettent, chacun dans une hutte de fortune, la première lueur de l'aube et le premier battement d'aile. Et quand pétera le premier coup de fusil, que courront en écho à travers le ciel les protestations des corneilles outragées, le jaune ricanement des canards et le long frémissement de toute la forêt brutalement réveillée, le silence tristement, un pur et nouveau silence leur succédera, comme le jour succède à la nuit et la nuit au jour, éternellement.

Je vous écris de Picardie… L'humidité, la brume, le soir tombent… Mais peut-être bien qu'ici le jour ne s'est même pas levé… D'un autre coin de France, à la même heure peut-être je vous écrirais : « Mais qu'il fait beau ! Mais que les ombres longues du soir sont belles ! Trois cent cinquante oies, le cou haut sur la colline, défilent à la queue leu leu ! Le ciel est rouge, la terre dorée et tandis que là devant ma fenêtre, le pas d'un troupeau de moutons foulant l'herbe sèche fait un joli bruit d'averse, chaque oie, chaque mouton, chaque arbre, chaque homme a son ombre ! »…

Mais je vous écris de Picardie. Et je me demande simplement, comme demandent les enfants : pourquoi les uns naissent-ils ici, et les autres là ?

Parti de là, il n'en revenait pas que les Catalans, que les Espagnols, que les Italiens existent…

« Pour rien au monde, je ne quitterais la France, la Catalogne, l'Espagne, l'Afrique, Londres, que je porte en moi. La Palestine, où je me retrouverai dans la vallée de Josaphat le jour du Jugement, peut disparaître de moi. Je n'y ai pas vécu. »

Il n'en revenait pas, non plus, que les femmes existent. Même si Paul devait bien faire aussi, avec les femmes, ce que d'habitude les hommes font avec elles, reste, restera toujours qu'il ne les regardait pas comme on voit d'habitude les hommes les regarder... Au contraire de ce voile sur la pupille qu'on observe le plus souvent, ou même, de ce noir velours aujourd'hui célèbre qui est le tien, qui me faisait frissonner sur le boulevard Montparnasse quand tu étais déjà éditeur chez Albin Michel et moi, encore un auteur du Seuil, c'était, chez lui, une franche gaieté tout de suite, un rire retenu, ému et affectueux qui envahissait traits et fossettes, comme s'il eût vu passer, promenant impertinemment sa petite vie, un chat sacré de Birmanie, un animal mythologique, une héroïne imprévue de ce roman où nous évoluions, dont il était le prince... Qu'on fût homme ou femme à ses côtés, à cet instant, l'arrivée d'un tel être dans son paysage ne pouvait qu'entraîner, intellectuellement en tout cas, je ne dis pas le partage, mais la communion. Aujourd'hui encore, il m'arrive de croiser dans la rue des jeunes femmes dont, en proie à une émotion qui pourrait être la sienne, je voudrais qu'il vît le visage, la chevelure, la silhouette, avant de me souvenir que, si elles, elles sont là, réunissant les critères en échos perpétuels aux deux figures féminines qu'il a pu adorer sans qu'un père le lui interdise, si elles, elles sont là, n'attendant plus que d'être connues, questionnées, pressées de livrer le mystère de leur existence sur la terre, lui, il n'y est plus. Tout l'étonnait : « Il y a des seins d'une dureté, vous n'imaginez pas ! », ou le déconcertait : il en était une, une fois, qui l'aimait, et qui était de gauche… Elle lui disait : « Okey. » « Okey, Paul. » Paul était ennuyé. « Elle me dit "Okey", murmurait-il. Elle ne sait pas qu'on ne me dit pas "Okey". » Deux, peut-être trois abandons de cette nature, ce fut tout. La consigne était : « Pas de confidences. » Ce monde, en vérité, il le pensait plus qu'il ne le vivait. C'est, comme par les yeux de son père Léon (= noël), vues du ciel, qu'il regardait les choses, avec le sentiment obsessionnel de ne pouvoir vraiment y participer. Il éprouvait la solitude de celui qui est en haut, qui peut expérimenter, sur cette terre des hommes, mais qui reste conscient d'en être irrémédiablement séparé… Mû dramatiquement seulement par cette quête sans fin des empreintes premières, c'est tête baissée dans un plan, par exemple, filant devant soi comme tiré par des ombres, moi courant derrière comme le rat que je suis, que, trois heures durant, il me montra Venise, jusqu'à ce que, à bout de souffle, les pattes en sang, la colère au cœur, je m'effondre en pleurant et que, pleurant lui aussi, mesurant sa misère, maudissant sa nullité, il m'avoue n'avoir eu en tête depuis notre arrivée que de retrouver « une place » – à Venise ! – « la » place qui, par sa beauté, à son premier voyage avec je ne sais qui, l'avait marqué à vie…

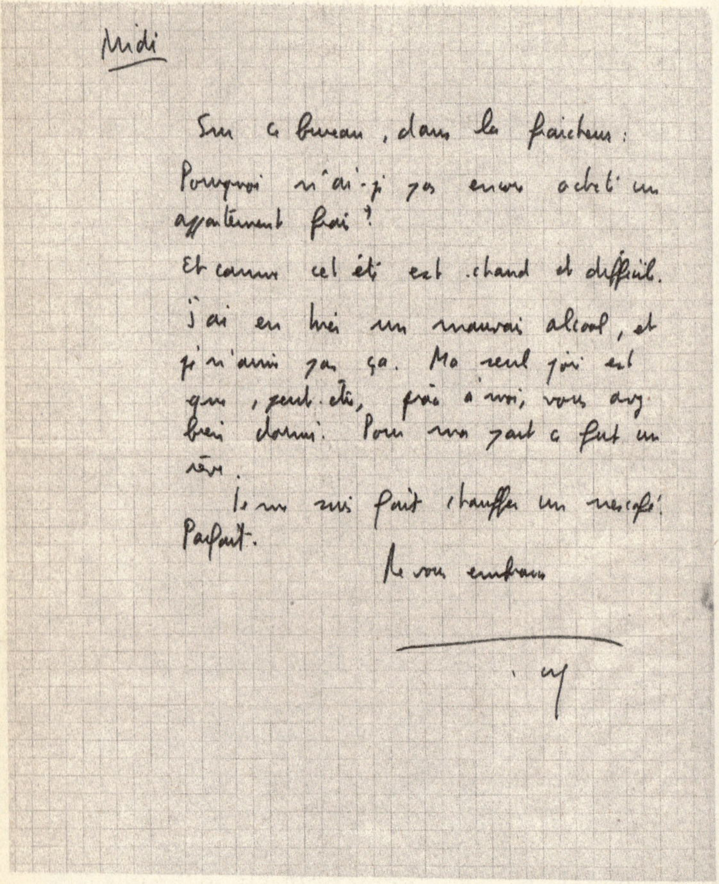

Midi

Sur ce bureau, dans la fraîcheur :

Pourquoi n'ai-je pas encore acheté un appartement frais ?

Et comme cet été est chaud et difficile.

J'ai eu hier un mauvais alcool, et je n'aime pas ça. Ma seule joie est que, peut-être, grâce à moi, vous avez bien dormi. Pour ma part ce fut un rêve.

Je me suis fait chauffer un nescafé. Parfait.

Je vous embrasse

« On ne pleure pas ceux qui sont partis, disait Indira Gandhi après la mort de son fils Sonjay, on ne pleure que soi-même. » C'est faux ! C'est faux ! C'est... vrai : je pleure cet été chaud et difficile qui fut aussi le mien, je pleure nos deux temps emmêlés, je pleure dans le théâtre d'ombres derrière le calque éclairé le profil d'oiseau tombé dans la trappe, je pleure le Paul que je n'ai pas vu vieillir, et l'homme jeune, soudain ressuscité, à sa place tout comme avant à la table ou dans le lit, je pleure les étincelles d'or que jetaient ses joues le matin sur l'oreiller, ses grands reins d'ivoire, sa gaieté pour se lever, sa gaieté pour se coucher, je pleure sa fourrure d'écureuil, sa grosse tête, son épiderme de nuage, je pleure sa matière d'être humain, son pas lent d'homme tout en pudeur, je pleure ses faims de garçon, ses rires étouffés, son œil vert de côté, son grand corps en arrêt comme celui du grillon, son air de châtelain déhanché, réfléchissant, une jambe en avant, au sens des choses, qui a nourri tous mes livres. Je pleure le groin discret de son reproche en société quand j'avais gaffé, je pleure ses exclamations théâtrales de retour des dîners : « Une fois de plus, vous étiez la plus belle ! », et comme je protestais : « Ah, si ! Ah si ! Sans conteste ! », je pleure nos « vous » retentissants qui faisaient, du moindre de nos échanges polémiques, de pures répliques de roman toujours sans conséquences, je pleure la presque sonorité de ces instants où un mot, une idée, un concept, rejoignait son entendement. Je pleure la cuisine qu'encore je prépare, et qu'il ne touche plus, je pleure, sur le grand lit du vendredi devant *Apostrophes* et le plateau-repas, à la première bouchée guettée par moi, ce petit frottement de son pied droit contre son pied gauche, lorsque c'était bon… Je pleure la lampe allumée quand le soir tombait, qu'il remuait les journaux, qu'on commençait à avoir faim, je pleure sa main courbée avançant dans l'espace pour saisir la tartine, ou la pomme épluchée, je pleure sa toux soudaine et passagère comme une ondée, celle qui pouvait lui venir en riant, son gros mouchoir blanc posé n'importe où, je pleure la vieille veste en laine jaune trouée, *la veste de grisaille*, dans laquelle on s'endormait comme les chiens, pattes tendues en avant, un dernier gros soupir par le ventre. Je pleure ses « Allô, allô !… » sur le répondeur, tous les soirs à vingt heures, avant de « quitter le journal », ou bien de l'autre bout du monde, pour dire qu'il venait, ou qu'il ne venait pas, Augustin, ou pas Augustin, depuis trente-deux ans. Combien de fois, après Augustin, ai-je demandé : « Dans vingt minutes, dans un quart d'heure… vous ne pouvez pas ? Je viens de servir, tout va être froid, ne m'appelez plus à vingt heures ! » Parce que lui, il avait fini, qu'il fermait son bureau, qu'il partait dîner en ville, je ne l'ai jamais obtenu, et voilà, maintenant, non plus dans la pièce, mais au creux de moi, à cet endroit affreux où nous sommes, lui et moi, nés séparés, tous les soirs, à vingt heures, vrille toujours la sonnerie : « Allô, allô… ! », « Allô, allô… ? »

Et, comme on n'est pas là, immobiles, pour l'éternité, comme chacun va, vient, évolue, s'organise, il est arrivé, ô remords, remords ! que pour lui, dans les dernières années, ça se désorganise :

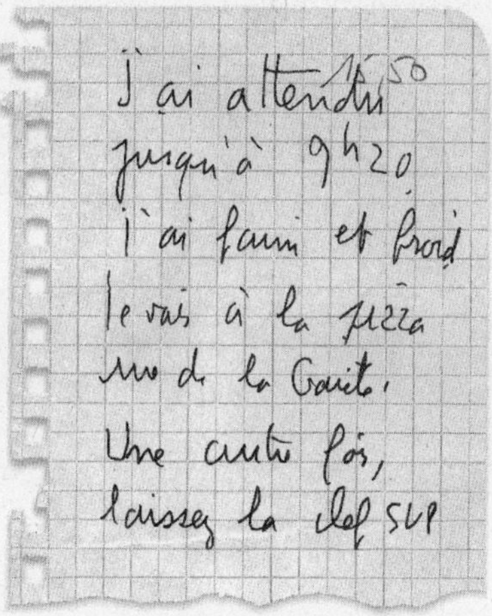
j'ai attendu 15 50
jusqu'à 9h20
j'ai faim et froid
je vais à la pizza
rue de la Gaîté.
Une autre fois,
laissez la clef SVP

Comme si, oublier la clef, je l'avais fait exprès !

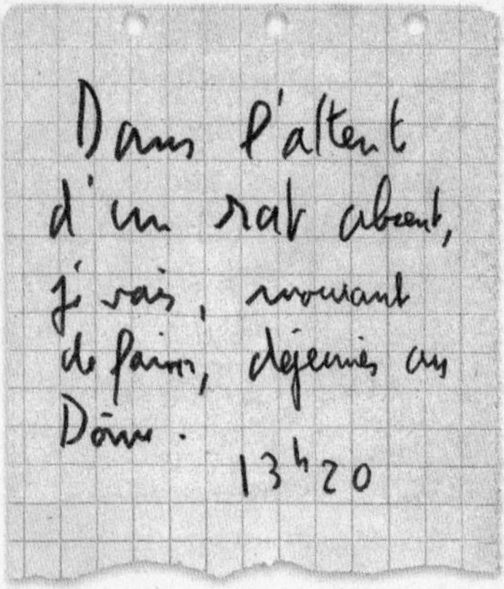
Dans l'attente
d'un rat absent,
j'vais, mourant
de faim, déjeuner au
Dôme.
13h20

C'est, clairement ce soir, une civilisation entière qui s'est effacée… Engloutis à jamais, anéantis, évanouis avec elle ses bruits attenants, les bouffées d'air neuf qui s'engouffraient ici entre allées et venues, la sonnerie du téléphone,

quelle aventure !

9h30 nous partons. Mais
ai-je encore 20 ans ?
Pas de traces du short
brillant d'A.

Rx

les rendez-vous pour Augustin, les rendez-vous pour Paul, les rendez-vous pour moi, les emballements, les fragmentations du temps, la lutte pour des heures à soi, le tiède appui du groupe, le tournoiement des machines, la pression de ceux qu'on aime, qui ont soif, qui ont faim, les livraisons en gros, les odeurs de cuisine, le grattement crescendo

B. B. (10h40

Maman est à son bureau.
Je vais à France 2.
Je la rappellerai à 12h45
Elle t'appellera à ce moment
là pour fixer un déjeuner
rapide à 13h15.
Tiens toi prêt. Je t'embrasse
sur l'oeil.

L

de la chatte dans les gravillons de sa caisse, les cavalcades quand elle avait attrapé un oiseau, les joies soudaines de la vie animale, la mode, la musique, le nouveau langage de la jeunesse par la voix d'Augustin, les frasques, les crasses, le cynisme, les amants et les maîtresses, le grondement du monde, le bourdonnement des hommes par la voix de Paul, et, en arrière-fond chez moi, qui me menait secrètement, me tenait lieu d'avenir depuis l'adolescence, ce puissant désir de gloire qui, lui aussi, à peine connu, m'a quittée…

Rx → Rax

1- les affaires en cours d'Augmentin
seul sur la chaise dans la véranda.

2- Garder album souvenir
de la famille royale de Belgique
SVP.
ci-dessous

3- le petit devient grand

C'est la chatte d'abord, avec cette faculté qu'ont les félins pour détecter les maux des hommes qui les soignent, et métaboliser avant tout le monde l'inconscient d'une famille en décomposition – poil terne, perles d'eau sur le nez, regard fuyant, queue basse – qui a ouvert la voie : elle pesait lourd, ma chérie, encore chaude, dans ce sac de la Mairie de Paris… Mais le corps d'un être cher, comme le reste, se jette. En colère, sourcils froncés, grand corps presque translucide, qui avait fait confiance aux Diafoirus du XXIe siècle, Paul a suivi, on l'a jeté aussi. Mon adorée de quatre-vingt-dix-huit années enfin, de qui seule j'étais aimée sans condition, pour ce que je suis, mon élégante et sage grand-mère, a fermé la marche.

À rebours, je reprends : ma sœur, ses deux filles, son mari, ma mère (3 octobre et soir de Noël 2004)… l'amant-le-soutien-fervent (14 septembre 2004, onze heures quarante-cinq, par téléphone)… Augustin (14 septembre 2004, onze heures vingt-cinq)… ma grand-mère (29 octobre 2003)… ma petite amphore en or, cadeau de mon père à mon cou depuis quarante ans (octobre 2003)… « Raphaële » (10 octobre 2003, minuit)… objets de Paul empreints de son odeur (fin 2002)… Paul (10 juillet 2002) et tous les amis de Paul… Arielle, ma plus ancienne meilleure amie, marraine d'Augustin (4 octobre 2001)… et la minette noire, notre Gloria (14 février 2001). Ruptures physiques, ruptures symboliques, départs dans l'espace, désertions dans le temps, fâchés, dégagés, émancipés, morts, regroupés, cambriolés, perdus, enterrés, disparus, les uns encore là, sans y être, les autres plus là, mais, dit-on, là encore, c'est si impressionnant, c'en est intéressant… Je n'ai pas de manuscrit à te remettre, Richard, mais j'ai peur que tu meures avant que j'aie fini cette lettre, je veux te dire que je n'ai pas chômé : de tous ces êtres-là, il a fallu trier, ranger, ordonner les affaires, redistribuer les priorités et les affections, remiser les effets, pardonner les actions, nettoyer la place sur la terre, j'ai accumulé, engrangé des émotions, des sensations, des indignations, des images d'épouvante muette se sont engrammées dans ma chair, j'ai pleuré, j'ai gueulé, j'ai gémi, j'ai haï, j'ai duré, pas arrêté de travailler pour toi, au fond... C'est parce que, non pas ma sœur qui nous refusa le caveau familial, dénia le deuil, prononça le rationnement affectif, l'excommunication progressive et le silence, mais des amis de longue date m'ont écoutée en silence au téléphone émettre en flèche jusqu'au ciel des hurlements à un seul souffle comme il n'en sort qu'aux enfants... C'est parce que j'ai fait la même chose dans la cabine de l'ascenseur en marche, tout au long des sept étages de l'immeuble d'une avocate bidon, jusqu'au rez-de-chaussée... C'est parce que j'ai écrit sur les murs, c'est parce que j'ai sangloté sans retenue dans la mer entre baigneurs et bateaux, parce que j'ai conçu des hémorragies en continu, parce que j'ai crié des insanités libératoires formidables... C'est parce que j'ai purgé mes douleurs au fur et à mesure comme se purgent les chats... C'est parce que je ne suis pas restée polie dans la souffrance, parce que j'ai éructé les gravelures énormes qui me jaillissaient de source pure, parce que j'ai coursé dans les rues le plus gros lâche, le plus dangereux tartuffe de la Création… C'est parce que j'ai pris à partie les inconnus aussi bien que les familiers, parce que j'ai réalisé des impératifs, parce que j'ai accompli des actes psycho-magiques… C'est parce que je me suis fait enterrer jusqu'aux yeux sur la plage de l'île d'Yeu, à minuit, un soir de pleine lune… C'est parce que j'ai séjourné presque une heure sous le sable, battant du même pouls que celui de la terre et de l'océan, une photo de Paul entre les seins… C'est parce que j'ai mis le feu à la photo et mis des habits neufs pour ma renaissance… C'est parce que j'ai rendu à l'être nouveau, debout sur cette plage, son prénom premier, « Marie », donné par le père… C'est parce que j'ai su demander refuge à l'hosto, le soir des fiançailles de ma nièce… C'est parce qu'on m'a fait respirer manuellement sur une table deux fois par semaine… C'est parce qu'on m'a prise dans les bras, parce qu'on m'a caressée sans concupiscence… C'est parce que, çà et là, des phrases sont venues me rejoindre dans mon carcan de chair, parce qu'on m'a dit : « Ne regrettez pas d'avoir aimé », « Après la nuit vient la lumière », « Tout bouge, sans cesse », « Chaque jour est un jour différent », « Tout se développe dans sa conséquence logique »…

C'est parce qu'on m'a fait faire de tout… Énoncer douze fois, plusieurs fois par jour : « Eye asher eye (je suis celui qui est) »… Psalmodier sur la plus basse des notes, jusqu'à tomber de sommeil : « Guimel Phé Qof Daleth »… Tutoyer mon inconscient pour négocier avec lui… Concevoir chaque soir à l'endormissement un œuf doré, et m'inscrire à l'intérieur… Imaginer que de l'huile jaune, brillante, clarifiée par le soleil, envahit progressivement tous les organes de mon corps… Répéter à toute heure du jour et de la nuit : « Mon être intérieur est indestructible », « J'apprécie même les heures sombres de mon existence », « Je reçois des forces insoupçonnées », « L'être pour lequel je me soucie est dans les mains de Dieu », « J'abandonne toutes mes idées limitatives », « Je laisse croître toutes choses », « Les impressions que je reçois ne font que me traverser », « Je suis seule responsable de mon développement », « Je suis reconnaissante pour les heures douloureuses », « Je continue quoi qu'il advienne », « Je suis en sécurité en moi-même », « Ce dont j'ai besoin se présentera de soi-même », « J'accepte de suivre le but que la vie m'a assigné »… C'est parce que j'ai accepté de me lever, et de dire à voix forte : « Je demande la libération des liens karmiques qui nous unissent et je laisse circuler les justes énergies d'amour, afin que chacun… puisse continuer son chemin », même si, de révolte, de refus, la fin de cette phrase, chaque fois, me fait gicler les larmes… C'est parce que tout ça, Richard, que je ne suis pas tombée malade et que, si tu le veux, je serai encore un auteur.

Si le cancer déjà t'a pris des amis, tu n'es pas sans le savoir, ce sont les meilleurs d'entre nous, les plus gentils, les plus polis, les bien élevés, bien éduqués, les plus discrets, les plus dévoués, les réservés, les pudiques, les silencieux, qui meurent.

Je quitte la Raphaële qui n'était rien sans son Roux, je quitte la Raphaële, la balle mouillée, la souris à musique de sa sœur et de sa mère, je quitte la Raphaële qu'on pouvait faire pleurer et rire en même temps, je quitte la Raphaële qui rappelle toujours la première, je quitte la Raphaële qui prenait la forme qu'on voulait, je quitte la Raphaële qui souriait sans discernement, qui souriait quand elle avait mal, qui souriait quand elle avait peur, qui souriait quand elle était vue, je quitte la Raphaële qu'on pouvait boire et manger, je quitte la Raphaële qui ne comprenait rien au milieu des autres, je quitte la Raphaële qui écrivait pour obéir, je quitte la Raphaële qui obéissait pour être aimée, je quitte la Raphaële harassée, depuis un demi-siècle, de faire la cour à sa sœur, je quitte la Raphaële qui faisait, à vingt-cinq ans, des conférences sur l'amour aux vieilles dames, je quitte la Raphaële qui se mettait à nu, qui se mettait en mille, je quitte la Raphaële dont on pouvait user et jouir en continu, je quitte la Raphaële qui voulait qu'on l'emmène jusqu'à la vie éternelle, je quitte la Raphaële qui s'abaissait à mendier amour inconditionnel et tolérance, je quitte la Raphaële qui se laissait rogner les ailes, qui se laissait dire du mal d'elle, je quitte la Raphaële qui donnait prise aux autoritaires, je quitte la Raphaële qui demandait leur avis aux commerçants, je quitte la Raphaële qui croyait qu'un allopathe savait, mieux qu'elle, ce qui pour elle était bon, je quitte la Raphaële que le désir de l'autre pouvait faire varier de chemin, je quitte la Raphaële qui dormait trop pour ne pas déranger, je quitte la Raphaële qui se cloîtrait pour continuer à croire, je quitte la Raphaële sans nom ni forme dès lors qu'elle accordait son intérêt, je quitte la Raphaële que parler humiliait, je quitte la Raphaële que ne pas parler détruisait, je quitte la Raphaële qu'aimer affaiblissait, je quitte la Raphaële qui attendait des réponses, je quitte la Raphaële qui n'avait pour seule action sur le monde que ses larmes et ses prières, je quitte la Raphaële dont je ne sais pas ce qu'elle aurait fait en temps de guerre, je quitte la Raphaële restée hors jeu, hors compétition, hors société, hors d'elle, je quitte la Raphaële dont Paul disait : « Raphaële ne sort pas sans moi », je quitte la Raphaële qui avait la présomption de le sauver, je te demande de m'aider à quitter la rate, je te demande, comme l'avait voulu mon père, de m'appeler Marie.

« Quand, tourné vers le ciel, on voudrait pleurer et que là-haut tout à coup, à la queue leu leu, trois petits nuages roses prêtent à rire ; quand à la mi-février on s'y croit déjà, et que le vingt-huit du mois, de nouveau, la neige le dispute au printemps ; quand d'un grand malade on entend dire qu'il va mieux et que, le lendemain, il est mort ; quand après le va-et-vient on va doucement, et puis presque plus, parce que c'est dangereux ; quand après avoir roulé longtemps l'avion attend et que, brusquement, il nous emporte ; quand, en plein milieu de la journée on se dit : “Oh, la, la, il faut que j'appelle Maman” et que ce n'est plus la peine, depuis deux ans déjà ; quand un matin après l'hiver, on fait fête au premier grand beau temps en poussant les volets, et qu'on se souvient qu'on est vieux ; quand au coup de sonnette on va, la serviette à la main, ouvrir la bouche pleine, et que c'est une bonne nouvelle ; quand on apprend que trois frères existent, qui font de la musique ; quand on ne croit plus à rien, et qu'encore une fois la vie s'emballe... Toutes fois que le temps a comme un hoquet, toutes fois que le temps marque un temps, il faut prendre le pas... » (in *Mélanie dans un vent terrible*, 1994).

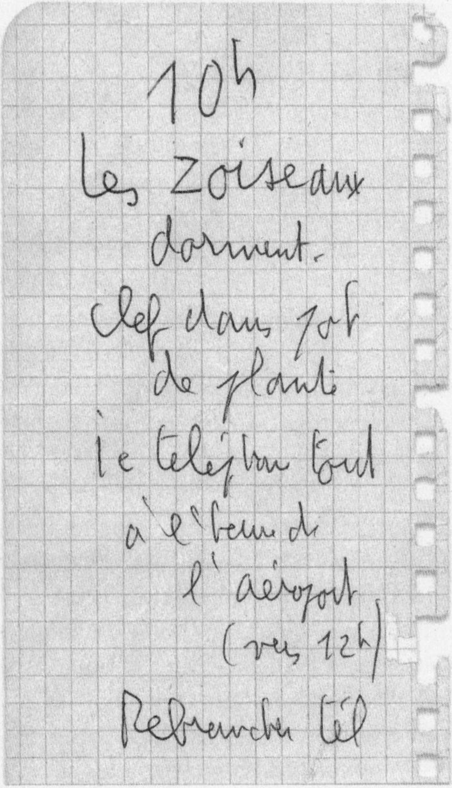
10h
Les Zoiseaux
dorment.
Clef dans pot
de plante
Je téléphone tout
à l'heure de
l'aéroport
(vers 12h)
Rebrancher tél

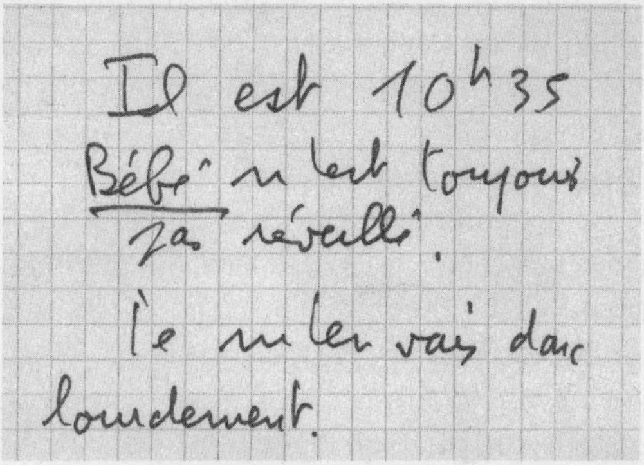
Il est 10h35
Bébé n'est toujours pas réveillé.
Je m'en vais donc lourdement.

Une voix s'éteint, deux yeux se ferment et c'est, d'un bond, la terre tout entière, son histoire, le cours de cette histoire, tous les survivants qui en prennent un coup dans le sens de l'accélération. Paul m'a laissée, il a laissé Augustin, il a laissé sa sœur Barbara, mais aussi Bernard, Arlette, Catherine, Michèle, Caroline, Claude, Monique, Évelyne et Jean-Philippe, Titi et Annie, Michel A. le voleur dingue, Hubert, Henri, Pauline, Aurore, Tessa, Leïla, Vanina…, toi, tous les amis, les cousins, les cent Guilbert de la Picardie, les confrères, les inconnus, les milliards d'individus qui, depuis le 10 juillet 2002, lui survivent… De chacun, il a emporté un morceau de temps, de la seconde où il a cessé de respirer, dans ce silence qui suit l'engouffrement d'un paquebot par les eaux de l'océan, comme tout homme qui se tait à jamais, il a fait vieillir l'humanité. À travers chacun d'eux qui l'avait fait, disait-il, ce qu'il était, il a aimé, respiré. De ses voyages de presse dans le monde entier, sacs et valises revenaient chargés de bracelets, de gris-gris en poil de singe, de foulards, de tissus aux effluves de cumin et de curcuma, de minuscules animaux négociés et emballés à la hâte sur des marchés... Le pincement qui m'étreignit, la première fois, lorsque, à peine offert « le cadeau pour Rate », j'en vis, débordant du sac éventré, une vingtaine d'autres... À l'heure où les chirurgiens sortent du bloc opératoire, vers midi, le 5 mars 2001, le standard de l'hôpital Percy avait « explosé », les téléphonistes hurlèrent qu'elles n'y arrivaient plus, on dut détourner les appels vers mon numéro privé. Certaines voix féminines, déraillées par l'angoisse, ont cru que c'était moi qui faisais barrage, sont montées jusqu'aux injures. À la fin, pourtant, il n'« aimait » plus. Il appelait cette famille élargie qui réclamait, exigeait sa part de nouvelles : « Les gens ». « Les gens, vous savez, disait-il épuisé, ils sont fatigants. » Même Bernard, surtout Bernard qui tentait de forcer sa porte, venait attendre, les yeux rouges derrière ses lunettes fumées, jusque dans le hall du Val-de-Grâce – « Dis-lui que je suis là » –, eu égard au petit iris noir traqueur des signes de « l'immonde », « l'abject », « l'obscène » avec quoi il se débattait, et qui, il le savait, toute affection mise à part, ne manquerait pas là non plus, un jour, de sacrifier l'amitié à la littérature, il ne

Paul Guilbert - Val de Grâce - Neurochirurgie - Ch 27

Pour répondre aux demandes d'information des appels extérieurs ou de mes visiteurs, je souhaite qu'on n'en donne qu'à Raphaële Billetdoux, mère de mon fils Augustin, à l'exclusion de toute autre personne, même se recommandant de moi ou d'elle-même.

De même, s'il m'arrivait une perte de connaissance ou de possession de mes pleines facultés intellectuelles et mentales, je désigne Raphaël Billetdoux pour y suppléer, seule habilitée à décider en mon nom.

Fait à Paris, à l'Hôpital du Val de Grâce
le 8-11-2001

voulait plus le voir… Une fois, à la toute fin, Jean-Marie se tenait, mains jointes, au pied de son lit, Paul a ouvert l'œil – il n'en avait plus qu'un –, il a dit : « Mon chat ! » ainsi qu'il avait toujours fait avec lui dans les couloirs du *Figaro*, et le referma. L'autre a filé comme un chien grondé dans le hall, je voyais ses épaules se secouer, quand il n'a plus pu longer le mur, il s'est arrêté, face à la fenêtre, il a pleuré là, jambes écartées, pendant deux heures.

Je ramassai le billet sur la table du plateau-repas, l'emportai dans le couloir à l'infirmière en chef. Pour la première fois de son existence, quelques instants, Paul venait de *s'intéresser* à soi, à son devenir… Il a rebouché le capuchon du feutre noir, est allé se recoucher.

Six mois plus tard, avant de faire son sac, pour, non pas le Mozambique, la Chine ou l'Arabie Saoudite, mais la seconde opération de son cerveau, Paul a repris le feutre noir. Sur deux fiches quadrillées intitulées *mai 2002*, il a inscrit le nom de chacun des membres de cette immense famille terrestre qui s'est créée autour de lui en cinquante années. Un par un, méthodiquement, il a appelé. Coché, quand c'était fait. Nul à ce moment, on peut en être sûr, n'a eu lieu de penser que c'était là son dernier appel. Lui savait. Il a fait ça depuis que je le connais avec chaque salle à manger, chaque chambre d'hôtel dont on a refermé la porte dans ce monde, chaque paysage qu'il a pensé n'avoir aucune chance de revoir jamais, chaque jour de la naissance de ses amis, ce qui, la dernière année, portait le nombre d'anniversaires à souhaiter au calendrier de son agenda à… quarante-huit, quarante-huit anniversaires en 2002, quarante-six en 2001… Qui se retrouva jamais à souhaiter, dans sa vie privée, quarante-huit anniversaires par an ? Plus que de l'affection, n'est-ce pas un peu : *Barrage contre le Pacifique* ? Volonté de contrôle, immobilisation, rétention, solidification, pétrification, fossilisation, immortalisation, statufication, voilà toute la tentative de son entreprise vitale et amoureuse… C'est la vérité de l'homme qui me vient en écrivant, je jure que je n'en savais pas autant, j'allais dire, de mon vivant, ou je n'eusse pas touché l'édifice du doigt comme je l'ai fait : j'ai voulu *bouger*, Richard, j'ai eu *un acte de vie*… Notre président dit : « Je ne suis pas un homme d'anniversaire, je suis un homme de changement… » Aussi, quand, Paul ayant une jeune et belle amie, moi, pour faire plaisir à un autre, une affreuse après-midi d'octobre où il m'a lui-même armée pour que je le dise, j'ai dit : « C'est fini » – trois petits mots que je n'avais pas à l'esprit trois secondes avant, trois petits mots que je ne pensais même pas, trois petits mots qui, si il avait « réfléchi », ne changeaient rien, ne pouvaient rien changer, n'ont fondamentalement rien changé, sauf que, tout comme chez Mme Victor Hugo, une loi de la morale pour la première fois, après trois décennies, posait que le lit était fermé et qu'il devait rentrer chez lui après le dîner pour revenir le lendemain –, il a dit, un : « Je ne suis pas un homme de changement », deux : « Comprenez que vous rompez des équilibres » et, moins d'un an plus tard, alla tomber en syncope aux pieds des participants du grand débat dont il était le modérateur.

Qu'est-ce encore que la maladie, sinon un moyen de rappeler à soi ce qu'on croit qui s'en va. Ce ne sont pas les « quarante cigarettes par jour, pendant quarante ans » comme il le dit, avec un reste de forfanterie sous le masque à oxygène, au jeune pompier penché sur lui,

arrêt cigarette 28 mars 97

je n'adhère pas à ces thèses matérialistes. Je crois à la perte d'objet d'amour, à la perte de territoire, à la perte de considération, à la perte de ses privilèges, à la perte de sa jeunesse, à la perte du sentiment de sa propre valeur, à la perte de ses fondations, je crois au retour dans la plaie des empreintes premières… Et rien ne lui allait plus mal que ce cadre d'hôpital, soudain, et ce cathéter, sur sa main de « vieil homme libre ». « Est-ce que ce pourrait être mes trois petits mots, Roux, qui vous... ? » Les lèvres de sa grosse bouche en état d'appréciation s'avancèrent jusque sous ses narines, comme ces animaux qui doublent de volume pour impressionner leurs ennemis : « Non..., fit-il au bout d'un temps, non, je ne crois pas. » Mais là, quand même, je l'ai dit, j'ai eu cet éclair de conscience dans un élan comme à vingt ans, et je remercie l'ange qui m'a écarté les mâchoires contaminées par sa pudeur pour formuler, à cet instant, cette chose qui va tellement de soi qu'il paraissait superflu d'y mettre des mots, des mots de la *tribu*, sans même prendre le temps de leur donner un sens plus pur : « Vous ne le savez peut-être pas, ai-je dit, je n'ai jamais aimé que vous. »

À moi cependant, comme le : *Il venait d'avoir dix-huit ans*, de Dalida, qu'il nous chantait, avec les mimiques et les gestes dans les cheveux, sur son lit de condamné, *il n'a pas parlé d'amour... /Il pensait que les mots d'amour / Sont dérisoooooireu !*

Mais nous nous endormîmes ensemble à nouveau, des nuits et des jours indifférenciés de corps-à-corps itinérants où le matelas comme un radeau n'avait plus ni haut ni bas, jusque le dernier respir que ses lèvres délivrèrent, comme, pour faire sa toilette, on l'avait basculé sur la gauche, en deux souffles, entre mes mains.

« Monsieur Guilbert a été totalement victime de son inconscient. » « Monsieur Guilbert, les dernières années, a fait n'importe quoi »... On a vu des hommes dans une angoisse de mort, à partir de la cinquantaine, quitter femme, enfants et maison bourgeoise pour un douze mètres carrés et, grattant leur guitare à nouveau au pied d'un petit lit en mangeant une banane, croire qu'ils ranimaient leur jeunesse. Paul vivant toujours comme un étudiant, n'ayant rien construit qui fût visible, il n'avait rien à quitter, mais, le journalisme ayant été toute sa vie, sa retraite lui ayant été signifiée, à deux fois l'âge que son père avait lorsqu'il mourut (trente-quatre ans), des forces inconnues de lui commencèrent à lui faire faire un obscur travail... Il présentait cet air par en dessous de qui prépare un mauvais coup, il me fit dire les pauvres choses assassines qu'il voulait entendre, il reprit le chemin de la Picardie et rechercha les flirts de ses dix-sept ans, elles étaient malades, veuves, grand-mères, il ne restait pas plus des caresses du jeune rouquin sur leur peau que de cellules de Mozart sur son archet d'enfant, toutes portaient le masque de ce que, précisément, il fuyait, mais lui ne voyait que le visage virginal, il leur refit la cour comme aux premiers jours tandis qu'éblouies, elles touchaient à leur fin, il retrouva jusqu'à la trace d'Odile, son premier amour dans le Paris de ses vingt ans, et surgit, bouleversé, à la maison : « Raxe ! fit-il, planté au milieu du séjour, Odile est devenue une grosse dame ! », et il fondit en larmes.

« Je vous annonce la mort d'un bruit ! » fit-il aussi, menton tremblant, quand, pour l'arrivée d'Augustin dans sa maison d'enfance de Dury-lès-Amiens, il eut huilé enfin les paumelles d'une armoire à vaisselle dont la porte grinçait depuis la guerre. Avec cette sensation paradoxale de, constamment, « laisser filer la vie », ne pouvoir rien retenir, ni les êtres, ni le temps, ni les choses, du matin au soir, il n'était que commémorations secrètes, théâtre permanent des retours de cycles qui, chaque jour, chaque heure un peu plus, entravaient sa liberté affective. Seulement le tic-tac sublime de ces milliers d'horloges internes en battement dans sa chair, inaudible de l'extérieur, était isolé comme dans un blockhaus. Ce n'est pas parce que les femmes ont des règles qu'elles vivent plus longtemps que les hommes, c'est parce que, d'elles, s'échappe naturellement le flux des mots, des cris, des rires, et des larmes, peu importe que vous nous disiez hystériques, par nous passe tout ce qui, en matière d'émotion, doit être bruyamment remis au monde. « Prenez le risque des mots, dit Blanche à Lucas dans *Mes nuits*..., et je vous comprendrai certainement. » Déjà, j'avais peur. J'ai toujours eu peur que le verrouillage de ses émotions soit cause de sa mort. Bloc de pudeur, boule de « larmes rentrées » comme le malheureux Fritz Zorn, il s'en est allé par lui-même asphyxié, plutôt que d'ouvrir la porte du blockhaus. Je sais bien que la mort est un processus, mais… Le prix d'une vie, pour un petit tas de secrets ! Le petit tas de secrets au prix de la vie !… Qui achète ? Messire Cancer…

Des nuits entières je réécris l'histoire : je ne suis pas démissionnaire le 5 mars 2001, je ne pisse pas le sang confortablement installée à Notre-Dame-du-Bon-Secours, je fais ce que j'ai à faire, je m'accroche aux pans de sa veste de tweed, je me pends à ses basques, je me fais traîner par lui tout au long du couloir de Percy jusqu'à la porte de sa chambre, nous nous battons en silence comme deux cerfs au fond d'un bois, soudain, impressionné par ce qui sort de moi que nul, de mémoire d'homme, ne vit jamais, il dit : « Je vais réfléchir », et nous ressortons de Percy, et il renonce à l'amputation, à la mutilation de son poumon, par laquelle, en quatre heures de temps, il passa de l'adolescent au vieillard…

Mais Paul détestait les scandales.

Pour ne pas lui déplaire, pour continuer à lui plaire, je l'ai laissé partir à la mort.

Rx espère que Rt a retrouvé le fil de l'inspiration. Il l'embrasse à plein poumon(1).

T

(1) au singulier. C'est l'intention qui compte.

À ses familiers de la petite et de la moyenne couronne, si je peux les appeler ainsi, il a *pu* dire au revoir à sa façon, à ses proches intra-muros, rien de significatif. Entre Paul et Augustin, qui se le rendirent comme dans un miroir, le dernier signe fut un salut à main levée. À lui déjà, venu au dernier déjeuner sur la table en fer-blanc qui rouille aujourd'hui sur mon balcon, à son Augustin à l'heure d'aller au Val-de-Grâce, tandis que le taxi attendait toutes portes ouvertes, qu'il pleuvait sur nous trois à grands seaux, qu'il ne savait pas s'il allait le revoir, il avait collé deux baisers nets sur chaque joue : « Au revoir, bébé, je t'appelle », et, rassemblant pans et martingales de son imperméable grand reporter autour de ses jambes, s'était engouffré dans la voiture avec un air de De Gaulle quittant Paris pour Colombey à jamais. « À preuve qu'on meurt comme on a vécu » fut sa manière de m'apprendre la mort à vélo de

Jean-Edern Hallier. À tout Paris ou presque, comme si ses sentiments, pour affleurer, ne pouvaient emprunter que d'infinies déviations, il a montré les deux photos d'Augustin, à quatre ans dans sa petite chemise à rayures violettes et blanches, à six ans, dans son pyjama de mousse vert d'eau, que, toutes cornées lors même que son « bib-yourt » avait grandi, il portait toujours dans son portefeuille. Mais quand ils déjeunaient seuls tous les deux, à l'Auberge de Venise, ce qu'ils faisaient chaque jeudi depuis qu'il avait dix ans, Augustin m'a dit qu'ils lisaient l'un *L'Équipe*, l'autre *Le Figaro*, qu'ils étaient bien, mais ne se disaient pas grand-chose. À d'autres qui me l'ont rapporté, il a souvent fait montre du menton tremblant en m'évoquant, comme si j'avais le pouvoir de le faire souffrir, à moi, il ne montrait que sévérité, rigueur, rappels à la tenue, et à la grandeur…

Ce sentiment, alors qu'il avait dit : « Raphaële sera sans doute la seule de nous tous à devenir adulte », alors que, en société, il ne cessait de me mettre en valeur et, en mon absence, d'énoncer l'admiration qu'il avait pour moi, de n'avoir, une fois devenue mère, été que houspillée, de n'avoir eu que des devoirs, aucun droit.

… Même en pleine nature, grimpant en zigzag forcément, à travers les pieds de vignes les collines qui dominent Banyuls, ce fut un terrible « Tenez votre ligne, s'il vous plaît ! » qui arriva dans mon dos.

… Même professionnellement, lorsque la très redoutée Michèle Bernstein, de *Libé*, se moqua, dans ses colonnes, de ma description de la jouissance dans *Mes nuits*, que je lui écrivis sur-le-champ : « Je suis très surprise, Madame, de voir que vous m'attribuez une citation qui n'est pas dans mon livre et qui peut gravement tromper vos lecteurs quant à ma façon d'écrire. Moi aussi, je trouve qu'il n'y a rien de "pire" que de parler, à propos d'une scène d'amour, de *moment crucial*, et d'y ajouter les exclamations répétées : "Ah ! Ah !" », et que, le lendemain, celle-ci, dans les mêmes colonnes, publia ma lettre et ajouta : « Ah, ah, que je suis désolée. C'est bien moi qui ai défini cet instant de l'action comme le *moment crucial*, voilà qui n'aurait pas dû être en italiques. Et peut-être ma voix, étranglée par le rire, a-t-elle redoublé le "ah !" en question (je dictais au téléphone). Ou bien, j'ai mis le ton : AAAaaah ! (d'où l'erreur). Donc, il fallait lire : Au moment crucial… *lorsqu'elle cria tout à coup : "Ah, tu sais tout, tu sais tout" et que, ruant de toutes parts entre ses bras…* Vous avez suivi ? La jeune femme a crié deux fois : *tu sais tout*, mais une seule fois *ah !* D'autre part, elle a *rué de toutes parts*, mais rien n'indique que ce soit au moment crucial »… etc. Paul, effaré, m'appela du *Figaro* : « Vous avez répondu à Michèle Bernstein ? Avez-vous perdu la tête ? On ne répond jamais à un journaliste ! »

(Je te joins mon article là-dessus : « Le piège des nuits d'amour ».)

… Même socialement, lorsque, invitée par Mitterrand à l'Élysée pour un déjeuner d'écrivains alors que cette seule sortie allait, au bas mot, me coûter cinq jours de rupture dans mon rythme de travail (la recherche des habits, la préparation, l'émoi, la sortie elle-même, la remise en état, le temps de la redescente), d'autorité, il me mit dans le taxi : « À moins d'un certificat médical, on ne refuse pas l'invitation d'un président de la République… »

… Même amoureusement lorsque, regrettant peut-être que cela ne se fût pas reproduit entre nous depuis la première fois, en l'été 71, dans la citadelle de Calvi, je regardai des amoureux qui s'embrassaient debout dans la rue avec la langue : « Pourquoi regardez-vous toujours ce qui est vulgaire ? »

… Même familialement, lorsque, assumant seule depuis quatorze ans, outre mon propre entretien, l'assistance au jour le jour de notre fils, l'autorité parentale, la sécurité physique et affective, les sommeils fracturés de ses nuits d'otite, les bains froids en pleine nuit pour faire tomber la fièvre, les réveils pour l'école à six heures trente du matin, la présence permanente, les réponses à ses questions existentielles et scolaires, l'obligation d'être le trait d'union entre le père et l'enfant, d'expliquer le soir à table le pourquoi et le comment des choses et comment, moi, je m'arrangeais publiquement de ma propre image de femme, revint sur le tapis mon statut fiscal de mère célibataire : « La deuxième part, dit-il, c'est moi qui devrais la toucher. »

Augustin fut le témoin élégant et distant de cette étrange relation. Paul a raconté partout comment cet enfant, ce « bébé venu d'ailleurs », comme nous disions avec timidité tant il était de nature supérieure, à peine tombé, était à nouveau sur ses jambes, et comment, passé le premier silence de stupeur ou de vexation, de sa grosse voix en s'éloignant, marchant dans ses couches tel Charlie Chaplin, nous l'entendions qui disait : « C'est bénin ! » Dès qu'il eut le langage, il nous offrit son humour : « Maman ! Maman ! – Oui ? – Papa *vous* appelle ! », et de s'enfuir comme le coquin, en se tordant de rire...

C'était « un être » qui ne faisait pas de tache, qui ne pleurait pas, qui ne demandait rien, ne voulait rien, que manger beaucoup, et sa liberté. Paul qui était un homme obligeant, mais inobligeable, avec lui, avait trouvé son maître : pour lui, il traversait tout Paris, décommandait des ministres, coursait les footballeurs, se retournait l'estomac, faisait comme il n'avait fait pour nul au monde, avant cette apparition. « Que fais-tu là ? » lui disait-il, à lui aussi, du haut de sa grandeur étonnée : « Simplement je joue », répondait l'autre.

le Raizet 16 février 1986

S.086 - BASSE-TERRE en 1780

Mon fils

Ce sont les premiers mot que tu reçois de moi, de ta vie. Je t'écris de la Guadeloupe : garde nous du loup !

Toi, il te suffira de savoir que, lorsque tu lèves les yeux, c'est le ciel, losque tu les baisses, c'est la terre.

Tout de même, dis à ta mère au creux de l'oreille que ton arrivée, il y maintenant onze jours, m'a causé une grande joie. Je t'embrasse tendrement. Salut et fraternité. [illegible]

La petite chaise cannelée en bois noir, quand je pénétrai dans l'appartement quelques heures après sa disparition, était tirée sur le parquet en évidence au centre de la pièce. Dessus, un dossier vert, pour que je n'aie pas à le chercher :

Entretien sépulture

Lui qui n'a jamais pu affronter une femme vindicative sans prendre la fuite, celle-là, vieille parente, il sut la recevoir.

S'il n'est pas surprenant, après tout, qu'il ne m'en ait pas dit plus à son propos qu'à propos des autres femmes – « pas de confidences ! » –, de cette dernière en revanche, la première qui me fasse réellement souffrir, je suis restée violemment, viscéralement jalouse. Jour et nuit, je les imagine, cherche à comprendre pourquoi elle, quand tant d'autres s'y cassèrent les dents… Là encore, c'est de l'inversion. La bataille élémentaire que j'aurais dû, si j'avais été une femme normale, livrer de son vivant, pourquoi me retrouvé-je à la livrer maintenant ?

Le second message que je trouvai, involontaire celui-là, et plus d'un mois après sa disparition, me fit, différemment, mais également, je ne sais pourquoi, un coup terrible : roulotté, telles les fléchettes de papier que les amoureux envoyaient au chalumeau dans ma fenêtre, il se tenait, à la manière d'une fleur, planté dans le tuyau de l'aspirateur de la maison de l'île d'Yeu :

Il n'y a
pas de sac
à l'intérieur

« Il est impossible… de pénétrer la solitude d'autrui. Si nous arrivons jamais à connaître un de nos semblables, c'est seulement dans la mesure où il est disposé à se laisser découvrir. Quelqu'un dit : j'ai froid. Ou bien il ne dit rien et nous le voyons frissonner. De toute façon, nous savons qu'il a froid. Mais que penser de celui qui ne dit rien, et ne frissonne pas ? » (Paul Auster, in *Invention de la solitude*.)

… Mais que penser de celui qui s'en va, et ne dit rien ? Que peut-on, à part l'aimer, pour l'autre ? Ne pas être jaloux, est-ce n'aimer pas ? Où va le savoir quand on s'en va ? À qui sert que nous ayons compris ce que nous avons compris ? Une chrétienne qui instaure la division et l'exclusion, est-ce une chrétienne ? Est-ce qu'obliger, c'est aimer ? Un philosophe qui pense qu'il a raison, est-ce un philosophe ? À qui appartient notre corps ? Peut-on aimer et n'être pas dans la plainte ? La douleur morale de l'autre, comment l'évaluer avant qu'il soit trop tard ? Aimer un homme absent, aimer un défunt, différences dans la nature du souffrir ? Peut-on contraindre sa sœur à creuser sa tombe, et lui faire dire la chose par un tiers ? « Tout, ne fût-ce qu'une seconde, ne vaut-il pas mieux que de ne pas avoir été ? » (*La Vie des fourmis*, Maeterlinck). Comment dire l'autre, sans parler de soi ? Lorsqu'on a perdu son mari, ses trois enfants, sa mère, deux cousins et sa maison dans un massacre ou dans un tremblement de terre, est-ce que les douleurs s'annulent ? Une croyante pratiquante peut-elle choisir de vivre moralement protégée ? À quand la mise à la ferraille de toutes les voitures ? À quand le premier homme impopulaire, sauveur de l'humanité, qui mettra un coup d'arrêt à la croissance, laquelle n'est plus que destruction ? À quand les flûtes des anges, les harpes mélodieuses dans les grands magasins ? Est-il décent de toujours nous parler argent ? Dit-on que l'esprit est d'autant plus libre, ouvert, accueillant qu'il est porté par la foi ? Les politiques disent : « Les Français demandent que, les Français veulent que... », sur quel mandat exactement s'appuient ceux qui nous disent : « Dieu veut que, Dieu pense que... » ? À quand la levée du musellement des médecines globales et intelligentes ? À quand la garde à vue de la Faculté pour bourrage de crâne et désinformation médicale ? Comment aimer l'autre sans le gêner, ni l'embêter ? Comment, de leur vivant, faire le deuil de celles et ceux qui ne nous aiment plus ? Une sœur qui nous en veut à mort, est-ce une non-sœur, une sœur manquée, le comble d'une sœur ? A-t-on, quand on est vivant, le droit d'exiger d'autrui qu'il se comporte comme si on était mort ? Si l'on ne peut jamais apercevoir, de ceux que nous aimons, *que* la représentation que nous nous en faisons, *qui* sont-ils ? Lorsqu'on dit ce qu'on pense, on n'est plus aimé, pourquoi, lorsqu'on ne dit rien, meurt-on, voilà, cher Richard, l'ordinaire de mes jours, je comprends très bien que, par cette phénoménale intuition qui a fait ta réussite, tu n'aies pas très envie, en ce moment, de m'appeler.

Parfois, devinant l'air vif et le soleil agréable de l'autre côté de la fenêtre, mon corps et moi, on se dit : « On va sortir ! » Et chaque pore de ma peau, alors, est un chien qui se redresse, dont on a touché la laisse… Mais sortir où… Cette certitude d'aller à la fête, quand on partait sur ses talons !

Depuis quelque temps, toutefois, comme le chérubin en robe longue sur son petit lit blanc et or dans le livre de catéchisme, j'ai le pouvoir de me hisser à genoux sur la lune, je fais demi-tour, approche du bord, me penche, regarde…

Je dispose à volonté aussi d'un ascenseur capable de s'enfoncer à presque la moitié du diamètre de la terre, les portes s'ouvrent… c'est la campagne, et Paul accourt ! Il fait un temps bucolique. N'était son tee-shirt pour la nuit, à l'emblème du VIIIe Sommet de la Francophonie, Moncton 1999, New Brunswick, Canada, il est nu comme un faune. Nous nous asseyons sur le banc de bois, à la croisée de deux sentiers, des lapins partout courent autour de nous, et je lui donne des nouvelles du petit. Comme d'habitude, il m'écoute tête baissée penchée sur le côté, en tordant ses mains entre ses cuisses ; comme d'habitude, je reçois le feu roulant de ses questions légères ; comme d'habitude aussi c'est lui le premier qui se retire quand il l'a décidé, mais plus le front bourrelé, les sourcils serrés, l'air de dire : « Je vais réfléchir, je vais voir quoi faire de ce que vous me dites », et ça entrait dans le blockhaus et on n'entendait plus parler de rien, le visage clair, au contraire, de qui n'est pas impliqué, et veille au suivi, sans affect, ni effort.

L'obsession qu'il est fâché contre moi parce qu'il est mort, la certitude que c'est moi qui l'ai tué, la conviction qu'il ne me pardonne pas d'être allée avec les autres faire le geste au-dessus du cercueil sans sa permission, la hantise qu'il puisse se croire abandonné, ou moins aimé, du fait de sa métamorphose, la culpabilité que c'est de lui survivre, la trahison que c'est de faire tout pareil comme si de rien n'était, le scandale d'être encore moi et de perdurer, la terreur de n'avoir pas fait tout bien comme il fallait, comme il aurait voulu, d'avoir été manquante, déficiente, « approximative » comme il disait sévèrement, donc fautive, commencent à passer.

Déjà, j'ai fait mentir la prédiction du professeur Dubernard, célèbre cancérologue venu me glisser à l'oreille, à la fin de ma lamentable prestation parmi ses illustres confrères : « Une veuve ?... Dans les deux ans ! »

J'aurais voulu lui refiler tout de suite sa patate chaude, n'ai pas été assez vive.

J'accepte que la vie soit désordre, brouillon, inachèvement, approximation.

J'accepte que, seuls, nous sauvent des défaites de l'existence, la spiritualité, un certain sens de l'Histoire, la littérature, le temps.

J'accepte la bifurcation, le remaniement, la mutation.

L'identité, le métier, l'amour, les amis, la réputation, la direction de la vie, tout à refaire, as-tu vu ça. Il n'y a que l'enfant qui est fait, et bien fait. Il faut que je me maquille, fasse mes cils et mes ongles, soulève le téléphone, ouvre la porte, et sorte, ce n'est pas en restant ici, avec toi, que je verrai venir et me sourire, comme dans les chansons pleines d'allant de nos papas, un « bon p'tit gars »…

Te quitter, c'est le quitter.

Peur encore que le dernier mot posé me rende à ma misère.

Depuis plus de quatre mois que je me tiens à faire mes découpages et à t'écrire, dérangée par âme qui vive, j'ai perdu beaucoup conscience des réalités, des problèmes du monde, de ce qu'est chaque jour la vie des autres, j'ai souvenir de ceci pourtant que la littérature, geste de virilité constante, c'est, comme pour vous autres les hommes, faire l'amour, c'est *ne pas* se laisser aller… Et j'ai fait tout le contraire. En vérité, je ne sais pas exactement ce que j'ai fait là, et je ne veux pas le savoir, mais je te dis : « merci » et « pardon », car depuis vingt-cinq ans, comme l'ensemble des gens de lettres à Paris, que je te croise, et que nous échangeons des regards d'intelligence, je songe à l'instant que je ne te connais pas… Merci, parce que cette chose monstrueuse, née de l'attente que tu m'appelles, m'a permis, à moi qui ne le pouvais plus du tout, de recommencer à écrire. Pardon, parce que chacun a ses soucis et que te voici, seul au monde, désigné pour la recevoir, toi qui, déjà, péris sous le papier noirci.

Je cherche une épitaphe à sa mesure. Comme pour un prénom les syllabes dictées à la mère de l'intérieur, si rien ne se dit, c'est qu'il n'est pas temps, je ne force pas.

De même ses dates et les lettres de son nom qu'il faudrait bien faire graver, il en est pour trouver, maintenant, que c'est désinvolte. Mais, le dos-d'âne inspiré d'une touchante petite tombe de 1870 délimitant, par son arête, nos places en côte à côte, je ne sais pour l'instant que les entretenir au feutre vert en sorte qu'elles passent, et réapparaissent, avec la pluie et le soleil. Plutôt à jour, en général, dans ce qui touche aux affaires courantes, à mon tour, avec intérêt et curiosité, je découvre la politique du différé, la politique de l'ajourné.

Déjà, ce n'est pas sous les arbres de Montparnasse au pied de mon lit qu'il eût dû être, mais dans le grand cimetière carré en face du centre commercial sur la route venteuse, dite de Paris, entre Amiens et son village, où se trouvent sa mère, sa grand-mère, son père, sa demi-sœur… Il n'eût pas eu le plaisir, alors, des visites de ses amis parisiens, ni moi le bonheur, aux premiers beaux jours, de pouvoir le rejoindre avec les journaux.

C'est un matin au petit déjeuner, fin 91, peu après l'inhumation de mon père à Montparnasse, comme j'avais dit que la rate scélérate n'imaginait pas de dormir pour l'éternité loin de son Roux, que, gentiment, il avait dit : « Moi, je veux bien aller où vous voulez»... Illuminée, je m'en souviens, comme si nous venions de parler mariage, j'avais retiré le plateau du lit et chassé les miettes sur le drap avec un sentiment inconnu, un sentiment de belle-fille à ce que j'en imagine, celui d'une sourde victoire sur la mère, dont il venait d'accepter de se séparer.

Je ne rêve toujours pas de lui, c'est un grand regret, un grand mystère pour moi. Si riches étaient mes rêves, autrefois, qu'il en avait peur. Un matin de 97, le café servi: «J'ai rêvé dis-je, que vous étiez avec Une telle... » La chair de son visage s'empourpra, j'avais rêvé vrai.

Si seulement il pouvait réapparaître au moins la nuit, tout aussi réelle que le jour y est la vie, puisque ce que j'y *vois* est accompagné sans aucune déperdition des émotions et sentiments correspondants, mon ordinaire, quand j'ai les yeux ouverts, n'est pas fait d'autre chose.

Quand il voudra bien me faire cet honneur, c'est quinze heures par jour que je dormirai, on ne me verra plus.

Il est question que la maison communale de Dury-lès-Amiens, l'ancienne salle des fêtes, ce qui vraiment lui irait bien, soit rebaptisée bientôt «l'Espace Paul-Guilbert», en mémoire non pas du petit roux qui tirait les sonnettes les après-midi d'hiver avec ses copains et filait à toutes jambes, mais du journaliste-reporter, membre de la presse présidentielle, qui, parti de ce village à vingt ans en claquant des genoux, fit le tour de la Terre derrière quatre présidents de la République, et n'oubliait jamais de rire en travaillant, encore capable au retour, son œil moqueur tombant, à la page Carnet du *Figaro*, sur la nécro d'un certain M. Lepeu, de propager son fou rire à tout un avion de confrères : « Le peu qu'il en reste..., etc. »

Dans l'incapacité à présent de renouveler ma demande de rendez-vous auprès de Margaret, de crainte, encore, qu'elle te cherche, ne te trouve pas, me renvoie à la dépendance, je te prie de bien vouloir trouver ici l'objet de mon appel.

Verrais-tu un inconvénient à ce que, en lieu et place du roman prévu, je tente un petit essai un rien subversif sur le cancer. Il serait court, à peine médical, humain, littéraire, lumineux.

Le cancer, comme tu le sais, ça ne s'attrape pas, ça se fabrique...

Le cancer, qu'est-ce, sinon la traduction biologique, extraordinairement émouvante, de nos peurs les plus intimes ? La peur de mourir, la peur de perdre un être cher, la peur d'être abandonné, la peur de la pauvreté, la peur de perdre son territoire, la peur de la maladie, la peur de la vieillesse, la peur de la critique, à chacune de ces peurs, déjà, répond un cancer spécifique, et ces peurs, qui nous tourmentent plus ou moins tous les jours, suffisent, à la première mise à feu, pour affoler nos cellules. Aussi, bien plus que de quelques spécialistes qui en vivent pompeusement tandis que d'autres en meurent atrocement, est-ce d'abord et profondément, en réalité, une affaire privée, l'affaire individuelle de chacun. Le moment, me semble-t-il, est venu de revendiquer crânement cette expression, de récupérer la pleine propriété de cette expérience essentielle, et le droit de la traiter comme bon nous semble.

Je ne suis pas médecin, bien sûr, mais j'ai rencontré beaucoup d'entre eux à travers les années qui, en substance, m'ont dit : « Les cancérologues ne savent rien de plus, maintenant, que ce que nous savons tous, et qu'ils nous ré-réexpliquent à longueur de magazine. Ils ne sauraient garder, vu les chiffres, le monopole de cette maladie… Spécialistes ? De quoi ? Spécialistes de la peur, qu'ils cultivent, spécialistes de s'asseoir devant des machines, payées à prix d'or, et puis quoi ? Dépister, pour amputer, n'est pas soigner. Non : tant que la guérison n'est pas aujourd'hui, mais "pour demain", si tu as une intuition là-dessus, vas-y… Délire ! »

Aussi bien, si nous pouvions revoir ensemble toi et moi les termes de ce vieux contrat qui ne correspond plus à la personne que je suis, je pourrais le commencer demain, te le remettre dans six mois.

Dans l'attente de ta réponse prochaine, je te prie de croire, cher Richard, à l'expression de mes sentiments les plus sincères.

Paris, le 11 février 2005

Marie

P.-S. : Je ne suis pas parvenue à le dire, Paul m'a épousée à quinze heures trente, le 21 juin 2002. Il n'en savait *ni le jour ni l'heure*, c'était dix-neuf jours avant sa mort. Encore un peu avant, moi suivant des yeux sur le mur où était encadré le poème, puis sur sa figure où traîna un moment le plaisir de cette saveur retrouvée, il lui était monté aux lèvres un bout de *Palme*, connu par cœur : *« Patience, patience / Patience dans l'azur / Chaque atome de silence / Est la chance d'un fruit mûr ! / Viendra l'heureuse surprise / Une colombe, la brise… »*, etc. Pluton, le grand metteur en scène des transformations, était en maison un, la maison du premier souffle, et cinq de ses douze planètes étaient en maison sept, la maison du mariage, des associations, des unions… Engrammé dans la chair du bébé de quinze mois, le message vital qui, toute son existence, était resté : « Si je me marie, femme et enfant meurent » – premier destin de son père – était en train de s'inverser : « Si je meurs, je me marie » ou « Je meurs, donc je me marie », ce qu'il fit, très simplement. Ainsi me fut révélé que, de la première minute à la seizième année d'Augustin, son « ça », le meilleur de lui, n'avait fait que *veiller*, contrôler et refuser les puissances obscures, de sorte que nous soyons tous trois protégés et sauvés… De même, s'il avait pleinement occupé, autour des trois premiers mois de son fils, sa place de père près du berceau, est-ce eux deux, de par ma lignée – destin de mon père – qui se fussent trouvés en danger de mort… Il y a, ainsi, une manière de gouverner en sous-main, sans reconnaissance ni éloge, une manière qui prend tous les risques de la réprobation, qui fait tomber à genoux une fois en lumière… On était un hors-la-loi pour tout le monde, on était un roi à l'intérieur. Qu'est-ce, en nous, qui pulse, qui agit, décide et mène quand nous agissons, décidons et croyons mener, sinon, du fin fond de ces champs de souffrance, les forces de mémoires encore actives et notre aptitude, notre génie, à les déjouer, ou pas. Comme autant d'énigmes à résoudre, ce sont les paradoxes de ma vie que, à la naissance d'Augustin, on se crut à ma mort, à son baptême, on se crut à un mariage, à mon mariage, on se crut à un enterrement, à l'enterrement de mon double, on crut voir quelque chose comme une naissance… Il a dit à Augustin : « Je suppose que ça ferait plaisir à ma*n*man. » Insensiblement, il se dévêtait, réintégrant le Paul qui n'était pas né comme il fut, ralliant le petit Paul d'avant la fracture de son quinzième mois, et sa vérité de naissance, ouvrant une à une les portes de conscience qui, certainement, le virent se raccorder, s'unifier, cela, et cela seul, hormis l'existence de notre Augustin, me rend heureuse tous les jours. On ne s'est pas donné la « patte », il n'y avait pas d'alliance. Il regardait le maire, je le regardais lui, il avait le visage d'un jeune homme, vraiment, dans sa chemise en vichy bleu.

À la question : « Voulez-vous prendre pour épouse mademoiselle Marie-Raphaële Nathalie Billetdoux, ici présente ? », il n'a pas dit : « Oui. »

Il a dit : « Certes » (du latin *certo*, Assurément, bien sûr, Larousse).

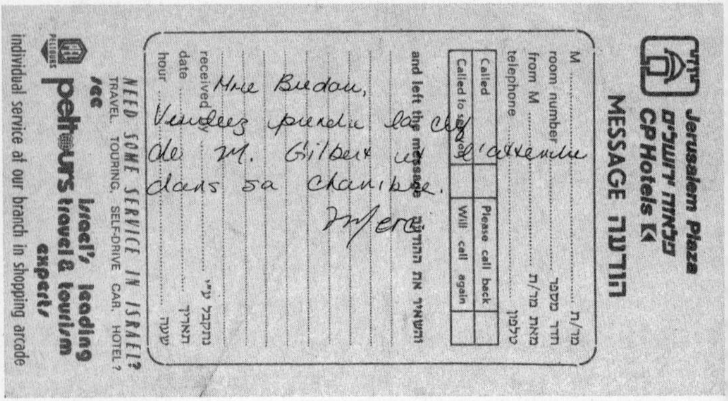
Jerusalem Plaza
CP Hotels
MESSAGE
M ...
room number ...
from M ...
telephone ...
Called
Called to see you
Please call back
Will call again
and left the message
Mme Bedau,
Veuillez prendre la clef de M. Gilbert et l'attendre dans sa chambre.
received by ...
date ...
hour ...
NEED SOME SERVICE IN ISRAEL?
TRAVEL. TOURING. SELF-DRIVE CAR. HOTEL?
see
peltours
Israel's leading travel & tourism experts
individual service at our branch in shopping arcade

« Pour écrire un seul vers, il faut avoir vu beaucoup de villes, d'hommes et de choses, il faut connaître les animaux, il faut savoir comment volent les oiseaux et savoir quel mouvement font les fleurs en s'ouvrant le matin. Il faut pouvoir repenser à des chemins dans des régions inconnues, à des rencontres inattendues, à des départs que l'on voyait longtemps approcher, à des jours d'enfance dont le mystère ne s'est pas encore éclairci, à ses parents qu'il fallait qu'on froissât lorsqu'ils vous apportaient une joie, et qu'on ne la comprenait pas..., à des jours passés dans des chambres calmes et contenues..., – et il ne suffit même pas de savoir penser à tout cela. Il faut avoir des souvenirs de beaucoup de nuits d'amour, dont aucune ne ressemblait à l'autre, de cris de femme hurlant en mal d'enfant, et de légères, de blanches, de dormantes accouchées qui se refermaient. Il faut encore avoir été auprès des mourants, être resté assis auprès des morts, dans la chambre, avec la fenêtre ouverte et les bruits qui venaient par à-coups. Et il ne suffit même pas d'avoir des souvenirs. Il faut savoir les oublier quand ils sont nombreux, et il faut avoir la grande patience d'attendre qu'ils reviennent. Car les souvenirs eux-mêmes ne sont pas encore cela. Ce n'est que lorsqu'ils deviennent, en nous, sang, regard, geste, lorsqu'ils n'ont plus de nom et ne se distinguent plus de nous, ce n'est qu'alors qu'il peut arriver qu'en une heure très rare, du milieu d'eux, se lève le premier mot d'un vers. »

Rainer Maria Rilke
Les Cahiers de Malte
Laurids Brigge

À Regina Bernard

Pièces jointes

Les grandes ruptures de l'histoire littéraire

Juliette Drouet et Victor Hugo : la naïve et le menteur

par Raphaële Billetdoux,

Le Figaro littéraire – jeudi 21 août 2003.

« *Jeune, grande, éclatante...* », « *belle comme on ne l'est pas* », jalousée, courtisée par les artistes et les princes, actrice, et libre, libre, quand, à vingt-six ans, la première nuit d'amour avec « *M. Hugo* » la fixa comme le papillon dans la boîte, définitivement : « *Il est 11 heures du soir. Je ne t'ai pas vu, je t'attends avec bien de l'impatience, je t'attends toujours. Il me semble qu'il y a un siècle que je ne t'ai pas vu...* »

C'est un grand malheur de ne pas savoir rompre. Celle qui, quelques nuits à peine après s'être « *donnée toute* », écrit ces mots, ignore qu'elle les répétera, dans un ordre à peine différent, encore chaque jour, pendant 17 852 jours, jusqu'à sa soixante-dix-huitième année, où elle finira par se coucher, et par mourir ; ignore qu'elle attendra encore, les gants à la main, le chapeau sur la tête ou la table mise, des journées entières, avant d'ôter l'assiette, d'éteindre le feu et de se déshabiller, car seul le soir est venu. « *Toujours être sacrifiée à tout... Ce n'est pas vivre. Si j'avais su, il y a dix ans, ce que je sais aujourd'hui, j'aurais préféré me tuer que d'accepter la vie ainsi faite.* » Il y en a encore pour quarante ans. Défense de recevoir, défense de sortir – « *Voilà plusieurs jours qu'il fait très beau temps et vous ne me faites pas sortir* » ; « *n'avoir pour arbre que le tuyau de son poêle...* » –, défense d'aller à pied, défense de revoir les amis du passé, défense de faire encore du théâtre – « *Cette dernière espérance perdue m'a donné un coup terrible* » –, défense de gagner quelque argent, défense d'en dépenser, plus aucun droit, un seul devoir : attendre.

Elle l'appelle : « *Le plus sublime vivant que la terre verra jamais* ». Il l'appelle : « *Mon pauvre ange méconnu* ». Toto, Juju, ou la longue, lente, affreuse rupture « *goutte à goutte* » sur cinquante années, de deux extrémistes, deux opposés : la croyante et le menteur.

Au jeune homme qui demanderait : qui est-ce ? Juliette Drouet, qu'a-t-elle fait ?, il peut être répondu : Personne. Rien. Elle n'a fait qu'aimer. « *Je sais que je suis aussi amusante qu'une cloche.* »

S'il n'avait pas plu au Seigneur de la rappeler à Lui, elle aimerait toujours.

Elle figure dans le *Dictionnaire des femmes célèbres* au chapitre « Les amoureuses », c'est bien injuste. Incapable de se délier, sinon par la mort qu'elle appelle bientôt à grands cris, affublée par le temps des mêmes maux, amertumes et désillusions qu'une vieille épouse – aussi de son fardeau domestique, Mme Hugo ayant quitté la terre quinze ans plus tôt – et morte sans alliance, ce n'est pas non plus parmi « Les favorites », « Les inspiratrices et égéries », certes pas non plus parmi « Les intrépides » ou « Les femmes terribles » qu'il serait justice de la placer, encore qu'elle avait un peu de chaque : c'est parmi « Les visages de la foi », « Les martyres » à tout le moins.

On dira : attendre, c'est le lot d'une maîtresse. Il y a des plaisirs, en récompense, que d'autres n'auront pas. Mais cette fois, sur le mode de l'arroseur arrosé, c'est la maîtresse maîtrisée, la putain respectée, la trompeuse trompée par le plus mauvais tour qu'une épouse ait joué à sa rivale : après cinq enfants en huit ans, ayant fermé le lit, donné toute permission et tourné les yeux (« *Chère morte pardonnée et bénie* », dira-t-il sur son cercueil), Mme Victor Hugo, dans l'esprit masculin, « *désemplit* » la dimension du sacré... Elle était depuis trois ans à peine la maîtresse de son mari que, dans la position même qui la vouait à «*cet horrible provisoire*», Mlle Drouet commençait à gagner, en respect, en tendresse, en adoration, ce qu'elle perdait en caresses, en baisers, en désirs… Ardente, tout en feu – «*ses durs tétons bretons*», «*la bouche, d'un incarnat humide et vivace… les cheveux noirs abondants, d'un reflet admirable…*» –, passée déjà de mystique à modèle nu, puis courtisane, avant que de renoncer à tout pour «*un morceau du bon Dieu*», sous le verrou, 4, rue de Paradis – «*Cette rue est bien nommée, ma Juliette! Le ciel est pour nous dans cette chambre, dans ce lit…*» –, elle ose, les premières années, de timides appels: «*Je ne me suis jamais mieux portée que ce soir. Si vous aviez l'esprit d'en profiter, ce serait ravissant*» (1835). «*Il y a si longtemps que nous ne nous sommes vus qu'à minuit et avec trois doubles couvertures entre nous deux que cela ne manquerait pas d'originalité si nous nous voyions plus tôt, et de plus près…*» (1835). «*En attendant, je vais ranger ma maison et travailler à mon petit coussin… Hélas! J'aimerais bien mieux vous baiser*, sauf vot'respect!» (1836). «*Quel temps ravissant! On serait fièrement heureux dans les bois, les rayons n'y doivent pas manquer, ni la mousse non plus…*» (1837). «*Quand viens-tu coucher avec moi? La question est un peu féroce, n'est-ce pas?*» (1837). Tout à coup, en 1839, parce qu'il y a eu regain: «*Quelle bonne furia d'amour nous avons eue tout à l'heure, et qu'il serait doux d'en crever sur place...»* Enfin elle s'écrie : «*De la soupe, une niche et une chaîne, voilà mon lot !*» «*Je le dis tristement et amèrement, comme une pauvre femme qui croit découvrir une affreuse vérité... Je n'ai pas à me plaindre de ton dévouement, de ta générosité. Mais tout cela, ce n'est pas de la passion, ni de l'amour*» (1839). Elle a trente-trois ans. Toujours «*ni air, ni soleil, ni liberté*». Elle est seulement à quarante-quatre années du jour de «*la mort qui délivre...*». «*Voyons, mon amour, dites-moi bien sincèrement pourquoi vous ne venez plus vous reposer auprès de moi le matin ? Certainement vous vous couchez toujours un peu ?...*» (1840). «*Bonjour méchant homme de trente-neuf ans, bonjour vieux bonhomme, bonjour académicien... Je le crierai par-dessus les toits, votre âge, ça vous apprendra à ne pas me faire la cour*» (1841). «*Tu es bon... de la bonté pleine de pitié... Tu n'as plus pour moi l'amour d'un homme pour une femme*» (1842). «*Combien je souffre de cette vie anormale... Mourir, ce n'est rien, mais les souffrances qui précèdent sont tout. Je te prie de me les abréger d'une façon ou d'une autre*» (1844).

À trente ans, on veut mourir, seul ; à cinquante, «*ensemble, à la même minute, aile dans aile*» ; à soixante-dix, l'âge des ruptures étant passé, «*en premier*», avant l'autre… Surtout lorsque, à soixante et onze ans, celui-ci «*avance l'horloge d'une demi-heure*» pour partir «*précipitamment*». Voici l'unique geste égoïste que Juliette Drouet s'accorda: précéder dans la mort «*le sublime misérable*».

On peut comprendre qu'elle y coure: tout de suite, alors qu'elle se débat encore, jeunette, pour sa survie, qu'elle a «*peur d'être à tout jamais une pauvre fille*», à mots à peine couverts, lumineux aujourd'hui, c'est la postérité qu'il lui a vendue: «*Soyez tranquille… Si mon nom vit, votre nom vivra*» (1834). «*Quand cette révélation ne pourra plus briser le cœur de personne, je veux qu'on sache que je t'ai aimée…*» (1834); et puis l'éternité: «*Cela ne finira que pour recommencer ailleurs. Le ciel n'est qu'une continuation de l'amour*» (bons vœux de 1835). «*Sois donc heureuse cette année, mon ange… Sois forte, sois fidèle, sois bonne, sois grande, sois aimante. Ta vertu, c'est ma vie. Je t'ai prise femme aux hommes, je te rendrai ange à Dieu*» (bons vœux de 1840). On trouve l'idée, un peu plus tard, formulée dans les carnets: «*La fosse est le lieu qui rassemble… Accordez-nous d'être, dans la nuit, époux.*»

À cet ineffable calcul qu'on n'appelait pas encore perversité, nous devons l'effroyable, le purulent, pestilentiel bubon de 18 000 lettres, détaché du corps de «*mon pauvre ange méconnu*».

Éphémère par essence, qu'est-ce qu'une maîtresse qui dure ? Une sorte de monstre. Cent fois quand il « *était encore temps* », elle a tenté de rompre. « *Je m'en vais bien t'affliger et bien te surprendre…* », commence-t-elle, et pour elle, on est pris d'un espoir fou, lors même qu'elle est en cendres. « *Je partirai par la première diligence de Saumur…* » Ils s'aiment depuis sept mois, pourquoi cela ? : « *C'est la certitude que vous n'avez pour moi qu'un amour incomplet.* »

Qui a gardé la mémoire de son amour au commencement : l'énigme est entière, mais tout est dit déjà, on ne fait plus que vérifier… Seulement il faut avoir parcouru le chemin, tout le chemin, pour que le message vienne à l'entendement, et pour que l'imposture magnifique qui se met en place, à rebours, soit déchiffrable.

Depuis l'âge de vingt ans – ce sera jusqu'à quatre-vingt-trois –, Victor, « *hors les chagrins du cœur* », a un secret, « *mon secret avec Dieu* ». Il ne vient pas à bout de « *cette chose formidable : une femme nue* ». « *Arrive ici, riante, et blondasse et vermeille !* »… En ville, en coulisses, au grenier, à la cave, dans les bois, sur la dune, sur la plage, dans les anfractuosités des falaises, en exil, à Paris, en Belgique, en été, en hiver, comédiennes, poétesses, mondaines, grisettes, modistes, chemisières, « *illettrées aux mains rouges* », logeuses, prostituées, veuves, parentes, servantes, épouses,

« *touché seins de Sophie* », « *vu ceux de Constance* », « *vu et pris le et les de Julia* », « *vu la forêt et le creux* », « *toute nue* », « *en torse* », « *tout* », « *la moitié de tout* », « *la jambe gauche* », « *la pointe des seins* », il en est en premier déchiré, torturé, honteux, repentant, c'est ainsi.

Comme tous les coupables (« *ta vertu c'est ma vie* »), il entretient la flamme de l'innocence au fond du logis où on lui voue un culte.

Comme tous les coureurs, il donne le change par la terreur : une infondée et phénoménale jalousie.

Comme tous les menteurs, il apitoie ; allègue le métier : « *Cet argent est à vous, je viens de le gagner pour vous, c'est le reste de ma nuit que j'ai voulu vous donner...* »

Comme tous les infidèles, il s'étonne : « *Quoi ! Vous qui ne passez pas, vous craignez ce qui passe ?* »

Comme toutes les femmes trompées, elle dit : « *Je te supplie de me le dire, je suis prête à toutes les révélations* », et aussi : « *J'en mourrai* », elle y a survécu. « *Le coup qui devait me tuer, loin de m'affaiblir, m'a donné des forces surhumaines... Tu n'es plus un homme pour moi, tu es l'âme de mon âme.* » Des deux mille autres « coups », à peu près, qui suivirent, trois parviendront distinctement à sa connaissance. Une Juliette ploie, mais ne rompt pas : « *Quoi ! Vous avez besoin de plusieurs corps pour un seul amour, quand le mien voudrait avoir deux âmes pour mieux vous aimer !* »

À soixante-treize ans, les mèches blanches en désordre, la jolie bouche « *d'un incarnat humide* » avalée, elle y est toujours : « *Pendant que tu dors, mon grand bien-aimé, je suis déjà sur la brèche, tâchant de découvrir d'où viendra la trahison.* » À 7 heures le matin, « *sur la pointe des pieds* », elle monte à l'étage où il repose, « *pour t'embrasser et pour te donner tes œufs, mais tu dormais si bien...* » À 8 heures, elle écrit : « *Je souhaite que tu dormes encore jusqu'à l'heure de tes œufs.* » À 9 heures, elle porte deux œufs frais à gober. « *Je n'ai pas peur de la mort qui délivre*, dit-elle, *j'ai peur de la mort qui sépare. La mienne sera-t-elle une délivrance ou une séparation ? Toi seul le sais.* »

Que peut-on pour la maladie de qui vous aime ? Celui-là en premier voudrait qu'on l'excuse et lui pardonne ce feu qui flambe sans qu'on y souffle, qui se renforce de ses propres soupirs, et se nourrit de rien : quelques signes ; l'apparition, au ciel de l'illustre terrasse, du « *pan de robe de chambre* » ; de la serviette, qu'elle appelle « *le torchon radieux* », accrochée par lui au balcon d'une fenêtre à l'heure où, en famille, il se lève ; l'arrivée de ses « *chères lettres* », qu'elle « *baise et rebaise* » ; l'attente de la copie, avec laquelle il l'occupe ; la renaissance, au calendrier, des fêtes, rituels, événements minuscules, sacralisés par elle dans l'instant, et commémorés en chapelet, à l'infini...

L'amour de Juliette pour «*M. Hugo*», qui ne s'en est pas plaint, a à voir avec le silence de Dieu. Tel on s'adresse à Lui, ne parlant finalement que de soi, sans cesse à quémander et à solliciter : «*Faites... ! Laissez... ! Donnez... ! Ayez... ! Protégez... ! Épargnez... ! Ne soumettez pas... ! N'abandonnez pas... ! Délivrez... !*», tel on s'adresse à qui nous manque. C'est la maladie du vivant. Il y a amour et puis amour. Dans quelques siècles ou jamais – alors pourquoi souffrir – devrait avoir grandi un peuple de nouveaux jeunes gens pour qui amour, au lieu de prédation, sera bonté comme attendu ; les uns capables d'aimer sans ravir, d'aimer et de laisser être ; les autres capables d'aimer sans dépendre, d'aimer, et de n'attendre rien.

«*Dieu, l'âme, la responsabilité : cette triple notion suffit à l'homme. Elle m'a suffi...*», estime le poète, jusque sur ce testament. «*C'est la religion vraie. J'ai vécu en elle.*»

Des mots. Des mots, tout ça.

Kafka et Milena « Amour, angoisse et épouvante »,

par Raphaële Billetdoux,
Le Figaro littéraire – jeudi 22 août 2002.

Des petits yeux enfoncés qu'on n'a jamais vus pleurer, des oreilles pointues, des sourcils à la Méphisto, des cheveux noirs brillants bien fournis, une extraordinaire maigreur, un air timide de bon fils, de fils, pur produit du père, il porte un melon noir, il rase les murs de Prague, il est écrivain, il sue l'angoisse. Constamment il sourit, mais comme l'une de ses vieilles tantes, sans intention aucune, seulement par embarras. Il sent la tombe, l'humidité, l'exclu, l'incompréhension paternelle. « *Je ne dis pas que ton action sur moi suffit à expliquer ce que je suis devenu, ce serait très exagéré*, écrit-il au père, le lendemain de sa deuxième tentative de mariage brisée, et de trois fiançailles rompues. «*Il est probable que je serais quand même aujourd'hui un être souffreteux, craintif, hésitant, inquiet.*» Mais surtout, surtout il est comme étranger à soi : «*Qu'ai-je de commun avec moi-même ?*», étranger à la logique du monde courant, et victime d'étranges éclipses du cœur qui le laissent «*comme mort*», «*absent*», gelé, l'âme pétrifiée.

Lorsqu'il reçoit une lettre de Milena Jesenka, quelques jours avant la date de ses deuxièmes noces programmées, Franz Kafka a trente-sept ans, il habite chez ses parents, elle a vingt-quatre ans et elle est mariée. Pour la première fois, il va connaître autre chose que le monologue amoureux. Deux ans auparavant, à la fureur de son père, il a tenté de vivre seul dans une aile reculée du palais Schönborn, mais le logement était humide et il crache un peu le sang, il est revenu. Pire que la tuberculose, il est atteint d'un «*sentiment de nullité*», d'«*inaptitude à vivre*», de «*maladie de l'instinct*», «*maladie de l'inachevé*», il n'a pas assez de mots pour qualifier le dégoût qu'il s'inspire et l'énigme qu'il représente à ses propres yeux, il sait seulement que cela ne relève d'aucun traitement. Un moment, il a été employé à l'Office d'assurances, mais il ne peut plus travailler. C'est de Merano, où il soigne les premiers signes de sa maladie, qu'il entre en correspondance avec cette jeune traductrice de ses œuvres résidant à Vienne. En dépit de l'aversion du père pour ses travaux d'écriture, il a fait paraître, en effet, déjà trois romans : « *Un bout de chemin autonome*, écrit-il à son père, *pour m'éloigner de toi, même si cette avancée rappelait un peu le ver de terre qui, l'arrière du corps coincé sous le pied qui l'écrase, s'arrache le devant et se traîne à l'écart...* » Enfin, dans son journal, il a inscrit la phrase du Talmud : « *Un homme sans femme n'est pas une créature humaine* », et le mot seul de « *mariage* » lui fait comme un flash au cerveau.

Depuis l'âge de vingt-huit, trente ans, du mariage bien plus que de la femme, il attend tout : qu'il le protège contre la honte du célibat, qu'il l'arrache de son milieu, de sa ville, de son pays, de son appartenance religieuse, qu'il lui permette de créer une famille afin de se dégager de la sienne, qu'il lui offre une place dans le monde parmi les hommes, qu'il le sauve sur la terre comme au ciel, qu'il le métamorphose !

Au début, nous sommes en avril 1920, il signe « *Kafka* ». À la quatrième lettre, « *Votre Franz K.* ». À la cinquième, le mois d'avril n'est pas terminé, déjà il donne un gage d'assurance : « *Je me suis trouvé fiancé deux fois... La première, c'est du passé. La deuxième dure encore, mais sans perspective de mariage, elle ne dure donc plus, au fond.* » Il s'agit d'une petite qui porte le même prénom que sa mère, tout comme la première fiancée, Felice Bauer, avait, de Mme Kafka, l'indifférence, la froideur et le sens des affaires. Et le 29 mai, il s'écrie : « *Chère madame Milena, que la journée est brève ! Vous suffisez à la remplir, à part quelques rares bagatelles, la voilà déjà terminée...* » Post-scriptum : « *Puis-je recevoir encore une lettre d'ici samedi ? Cette rage de lettres est insensée... On renverse la tête, on boit les mots, on ne sait plus rien, sinon qu'on ne veut pas cesser. Expliquez-moi ça, Milena, madame le professeur Milena !* »

Cela ne cessera pas. Des lettres quotidiennes, biquotidiennes, et des post-scriptum, si longs qu'ils sont encore des lettres... En vérité, fuir à toutes jambes dès lors qu'un jeune homme qui n'est plus si jeune s'abîme aussi longtemps, aussi complaisamment, dans les phrases, comme ceux-là qui, indéfiniment, réclament un dernier verre pour retarder le rendez-vous entre quatre murs ! Car le brûlant correspondant a fait de même avec Felice, et ce durant cinq interminables années.

L'entreprise est diabolique, le processus immuable : d'abord ferrer la jeune fille et l'immobiliser, en proposant rapidement, dès les premiers jours, le mariage. Alors commence le travail de sape : l'anticipation par le biais de l'écriture, une écriture logorrhéique destinée tout à la fois à tester, à effrayer et à faire reculer la personne... Il a des habitudes alimentaires. Il ne consomme aucune chair. Il n'aime pas gaspiller. Il a besoin pour écrire d'une solitude absolue, d'un silence sépulcral. Il ne la verra, au mieux, qu'une heure par jour. Il est un être froid, égoïste et glacial. Il a un besoin vital de pureté. L'ascétisme est pour lui la seule possibilité de supporter la vie conjugale. Voici quelles seraient les conditions de l'avenir… « *Qu'en dis-tu chérie ?* »

Kafka ne veut pas tromper, il a le mensonge en horreur. Mais, plus que ne pas tromper, ce qu'il veut, dans ce monde où « *toute chose se sent serrée à la gorge* », c'est tout dire, se mettre à nu sous une lumière impitoyable, et obtenir la garantie d'une abnégation telle qu'on se trouve comme renvoyée au néant, priée de n'exister pas, de ne peser d'aucun poids réel à ses côtés, d'être moins que son ombre…

Car Franz Kafka a une vieille maîtresse : l'Angoisse. Impossible à répudier, jour et nuit il faut compter avec Elle. « *Elle est peut-être ce que j'ai de meilleur… En dehors d'elle, qu'y aurait-il à trouver en moi qui fût digne d'amour ?* » Et elle est là, bien sûr, étreignant sa poitrine, quand Milena – aussi vivante, chaude, droite, entière que son correspondant est contorsionné, divisé, épouvanté –, délaissée par un mari fêtard, le presse, au bout de dix lettres, de la rejoindre à Vienne : « *Je ne veux pas (aidez-moi, Milena, comprenez plus que je n'en dis), je ne veux pas (ce n'est pas du bégaiement), je ne peux pas venir à Vienne... Je suis moralement malade...* » Et de conclure : « *Je ne viendrai certainement pas ; si je devais cependant, à mon grand étonnement, me trouver quelque jour à Vienne, je n'aurais besoin ni de déjeuner, ni de dîner, mais d'une civière pour m'étendre un moment.* » Et de débattre le lendemain, à nouveau : « *Mes trente-huit ans juifs disent en face de vos vingt-quatre ans chrétiens : eh ! quoi, où sont les lois du monde et toute la police du ciel ?... Elle ne te connaît pas... Va à Vienne : sa porte s'ouvrira, bien sûr, mais après ?... S'encadrera là un long et maigre individu. Il ne dira pas un mot, il manque trop de vitalité pour ouvrir la bouche. Il ne sera même pas heureux, pour cela aussi, il manque trop de vitalité.* »

Deux lettres plus loin, il note : « *Craintive, vous ne l'êtes pas de nature, la chose se voit aisément...* » Puis sept lettres plus loin : « *Tu ne m'as pas compris tout à fait, Milena.* » (Depuis la veille, il la tutoie, il ne l'a jamais vue.) « *Je ne peux pas te dire encore si je viendrai à Vienne, mais je crois que je ne viendrai pas... Raison accessoire, motif lointain... Cela vaut mieux pour nous.* »

Soudain, dans une seconde lettre du même jour : « *Ces lettres en zigzag doivent cesser, Milena, elles nous rendent fous. On ne sait plus à quoi l'autre répond et, de toute façon, on tremble.* » « *Je n'oserai pas te tendre la main, petite fille, cette main sale, tremblante, crochue, inconstante et mal assu-*

rée, cette main glaciale et brûlante. » Elle a dû lui dire : « *Qu'à cela ne tienne, si tu ne viens pas à Vienne, je viendrai à Prague* », car il ajoute en post-scriptum : « *L'homme de Prague, c'est une mauvaise idée. Tu ne trouveras qu'une maison vide. Je serai assis à mon bureau, la tête dans mes mains.* »

Onze jours plus tard, le 23 juin : « *Aujourd'hui, je dirais peut-être que je viendrai sûrement à Vienne, mais comme aujourd'hui est aujourd'hui et demain, demain, je réserve encore ma liberté.* » Mais le lendemain : « *Hier, je me suis mis à écrire des sottises au sujet de mon voyage à Vienne... Ce voyage au bout du compte n'est pas une plaisanterie... De toute façon, je tremble à la seule idée de la chose. Je n'entrerai même pas chez toi. Si tu n'as pas eu de pneu jeudi, c'est que je serai allé directement à Prague.* »

Le 25 juin, il a cette phrase terrible, porteuse de petite mort : « *Oui, nous commençons à mal nous comprendre, Milena...* », pour, au soir de cette journée, soudain, se jeter à l'eau : « *Je serai à Vienne mardi, à moins d'imprévu.* »

Mercredi 30 juin 1920, à 10 heures du matin devant l'hôtel Riva, à Vienne, Franz Kafka, « *après deux nuits sans dormir, que sera la troisième ?* », attend Milena Jesenka.

À ces quatre jours de l'été 1920, les quatre plus grands de sa vie amoureuse – le vendredi 2 et le samedi 3 surtout, qui le laissèrent illuminé, Franz Kafka a finalement survécu.

Ils se rencontrèrent une fois encore, à Gmünd, pour quelques heures, mais déjà, ce ne sera plus si bien.

Que se passa-t-il, à Vienne ? Ils sont allés en forêt. Ils se sont étendus, l'un près de l'autre. Franz était de ces hommes qui se mettent dans votre cou plutôt qu'ils ne prennent dans les bras, c'est donc ce qu'il a fait. Milena raconte : « *Ce qu'est sa peur, je le sais jusqu'à la dernière fibre. J'ai connu sa peur avant de le connaître lui. Durant les quatre jours que Franz a passés à mes côtés, il l'a perdue. Nous nous sommes moqués d'Elle… Nous avons attendu un moment et c'est passé. Cette peur ne se rapporte pas qu'à moi, mais à tout ce qui vit sans pudeur, par exemple la chair. La chair est trop dénuée de voile, il ne supporte pas de la voir. J'ai réussi à mettre ces choses de côté. Je l'ai entraîné avec moi sur les collines… Il a marché toute la journée, il est resté au soleil, il n'a pas toussé une seule fois. Tout bonnement, il se portait bien.* »

La correspondance reprend le dimanche 4 juillet, du train qui le remporte à Prague.

Elle s'interrompt un samedi soir de la même année, en novembre 1920, quand Franz Kafka, sans doute, constate que Milena Jesenka, non plus, n'est pas parvenue à le métamorphoser : « *Ces lettres ne sont que tourment incurable, elles ne peuvent produire qu'incurable tourment... J'appartiens au profond silence. C'est le climat qui me convient.* »

Un jour d'avril 1922, deux ans jour pour jour après le premier échange, une lettre de Prague entre à Vienne : « *Voilà déjà bien longtemps, madame Milena, que je ne vous ai plus écrit. Je n'aurais pas, au fond, à excuser mon silence, vous savez comme je hais les lettres. Tout le malheur de ma vie vient des lettres... C'est un commerce avec des fantômes... Le fantôme grandit sous la main qui écrit... Les baisers écrits ne parviennent pas à destination...* »

Simenon
Un compte à régler avec les femmes

par Raphaële Billetdoux,
Le Figaro littéraire – jeudi 9 janvier 2003.

De l'eau, de l'eau qui tombe du ciel sur les hommes comme à la préhistoire avec un air d'éternité, de l'eau qui stagne dans les canaux, de l'eau en brumes condensées sur un peuple de petites gens, des secrets de famille, des mensonges, des avortements, des petites saletés de la nature humaine qu'on eût bien préféré ne pas connaître, des péniches, des barques, des cargos immobiles, des magasins qui sentent la saumure, des petites auberges douteuses, des arrière-salles, des appartements où les arrivants croient pouvoir être heureux et rester toute la vie, ils s'y installent, et voilà, il y a un défaut de construction, quelque chose qui ne va pas… Du mur mitoyen, dès le premier soir, montent les bruits d'une nuit d'amour comme ils ne savaient pas qu'il pouvait en exister, des gémissements, des coups, des râles, des pleurs, de tout, les nouveaux venus n'en reviennent pas, ils ne savaient pas qu'il était possible de s'aimer comme ça, ils écoutent toute la nuit mais ô stupeur, quand les coupables au matin se montrent sur le balcon voisin, ce ne sont même pas des monstres, ils sont normaux… Des heures, des jours, des existences entières ainsi, à patauger, à baigner dans l'ignorance, la routine, le risque d'être passé à côté de la vie, de n'être finalement qu'un raté parmi les ratés.

Et qu'est-ce qu'un raté, chez Simenon ? Un pauvre type victime toujours de ce que les femmes lui ont fait, ne lui ont pas fait, ou lui ont fait faire… Des malheureux, partout, qui en ont plein le dos, des maris qui peu à peu comptent pour du beurre, des maris désavoués, exploités, repoussés dans un coin de la maison par une femme qui gagne du terrain ; des souffre-douleur, et des qui sont pris par le démon de midi ; des menteurs, des vaniteux, des veules, des alcooliques ; des fuyards qui étouffent au fond d'une cale entre des sacs de riz ; des médecins, des grands bourgeois établis, qui ont fait tout bien comme il fallait, et de qui la famille, les gosses, les patients, tout le monde profitent ; des vieux garçons, beaucoup de vieux garçons attardés entre des femmes de province ; des notables qui se décoincent avec leur secrétaire dans une voiture ; des cadres envoyés par leur patron dans les pays chauds et qui ne vont pas s'en sortir ; des malades aux yeux mi-clos qui épient du fond d'un lit d'hôpital la poussière en suspension dans un rayon de soleil, mais aussi, ce qui se chuchote entre les infirmières de l'état dans lequel ils sont ; des gens bien, acculés par les dettes de jeu, ou par une maîtresse, à voler dans la caisse, ou à tuer ; des hommes honteux dans une solitude psychique innommable en proie à des obsessions sexuelles…

De ce grouillement sur la terre observé comme au creux d'un bocal de verre, quel est, pour Simenon, le ferment, l'agent fermentant corrosif ? Les femmes.

Nulle part une héroïne, grande amoureuse ou mère admirable qui, dépeinte de l'intérieur, tiendrait tout un roman, non… Sous cette plume, les femmes sont telles que chacun peut les voir autour de soi évoluer depuis toujours, avec des seins, des joues, des jambes et des cheveux : non déchiffrées, impénétrées, incomprises… À jamais mystérieuses, et semblables, pour l'homme dont l'œil, impuissant à pénétrer l'âme unique que cette enveloppe recèle, demeure l'œil du voyeur.

« *À vingt ans, disait-il, je serrais les poings à l'idée qu'il y avait au monde des femmes que je ne posséderais jamais* » : cependant, sur l'océan des femmes à la surface du globe, Simenon

– l'homme qui en troussa contre un mur, en serra dans ses bras, en coucha dans un lit des milliers – est resté tel un poupon de Celluloïd sur la mer Morte, à rebondir éternellement contre ce matériau infranchissable...

«*Étant homme moi-même, il m'est difficile de rendre la vie intérieure d'une femme*» : terrible aveu d'impuissance de la part d'un romancier. Alors, à l'exception de Mme Maigret, modèle d'équilibre et de respectabilité, qui accepte de ne pas partir en vacances, ne pose pas de questions et laisse filtrer une intuition féminine à point nommé, qui sont-elles, les femmes, dans cette œuvre ? Des silhouettes, des partenaires, des faire-valoir, des êtres «*servant à renvoyer la balle*», des épaves, des objets, des chiennes, des destructrices, des sources de blessure, de honte et d'humiliation, des fantômes pour adolescents, des salopes, des jeunes filles pures aussi, si pures, qu'elles exacerbent le désir de polluer... Des images de femmes. Mais pas de femmes, jamais, chez Simenon, pas d'individus dont le cœur qui bat soit féminin...

Mais des femmes qui inspirent le vertige et la pitié, oui, des femmes de toutes les classes, des femmes économes comme l'était sa mère, et des femmes de la nuit comme elles l'étaient dans ses fantasmes depuis l'âge de quinze ans, où il semble que sa maturité affective s'est arrêtée...

Des femmes qui traînent dans les bars sous des lumières rouges, qui essayent de faire croire qu'elles ont de l'argent, qui voudraient être chic, qui arrondissent leurs lèvres au bout de la cigarette pour faire comme les stars : et l'homme y croit, il se lève, il suit la forme brillante qui s'enfonce au creux de la nuit, ils avancent comme deux bêtes en silence dans l'obscurité tandis que son imagination est en feu, et il découvre que c'est une pauvre fille… Alors des filles de music-hall, et puis des filles de famille trop gâtées qui se tiennent mal, des filles de pays, des belles filles qui font le malheur d'elles-mêmes et de tout le monde, et puis des petites employées, des petites bonnes, beaucoup de femmes battues, humiliées, des putains, des femmes de mineurs et des femmes de capitaines qui ont voulu à tout prix suivre le mari et qui, lamentablement pendant toute la traversée, vomissent devant les hommes du bord ; des femmes languides, encore, qui s'étiolent aux colonies sous un soleil qui les déçoit parce qu'il ne bronze pas, après avoir voulu venir elles voudraient repartir, mais il n'y a pas d'argent, etc.

« *J'aime user d'un beau corps de femme et il m'importe peu qu'elle ait telle ou telle mentalité, qu'elle sorte de tel ou tel milieu… Pour toutes, j'éprouve en les prenant une sorte de tendresse, ce que je pourrais appeler de la tendresse humaine… Je ne me pose pas de question à leur sujet… Je ne m'attendris pas sur leur sort… C'est une tendresse pour l'espèce… pour la chair vivante… pour un corps qui, cependant un certain temps, dans mes bras, représente la vie.* » Simenon ne fait pas l'amour à la femme, il fait l'amour à l'humanité. « Je suis un homme… », aime-t-il à répéter, comme s'il n'en était pas sûr. Si j'osais, après le : « *Madame Bovary, c'est moi* », je dirais : « *Simenon, c'est une femme.* »

Il est une femme dans cette façon de se quitter soi-même en état de création, jusqu'à n'être plus qu'un réceptacle où implosent, comme autant d'orgasmes, impressions, perceptions, sensations…

Il est une femme dans cette façon de se faire littéralement monter dessus par le verbe, d'être par lui possédé pendant plus de trois semaines, et d'en rester tout alangui, comme apaisé.

Il est une femme par cette façon d'être fécondé par le monde environnant, de vivre ses romans et de rêver ses jours, d'être réfugié dans une fiction perpétuelle.

Il est une femme par toute cette eau où gît l'œuvre, par son émotion pour qui est malade (« *cet être déconcertant* ») et pour la maladie, son art des atmosphères, sa tolérance, sa compréhension compatissante pour les coupables, les névrosés que nous sommes tous et les honteux, c'est là, vraiment, que Simenon fait l'amour.

Mais, de la femme, il est exclu, toujours à l'extérieur, toujours dehors, à la porte de son ventre comme des trente-trois maisons qu'il a tenté d'habiter au cours de son existence, dont il se retrouvait, étrangement, par lui-même éjecté, à la porte au bout de deux mois, dans l'échec absolu de la tentative masculine pour réintégrer le logis premier, la maison originelle.

« *Être toutes les vies à la fois... Toucher, absorber le monde, le posséder...* », ainsi allait répétant Georges Simenon, animé d'un désir de pénétration cosmique, et désespéré.

« *Au fond*, disait celui que l'on a appelé "le romancier de la solitude", *je crois que l'homme qui aime vraiment la femme est presque fatalement un homme sans amis.* »

J'entends : toujours un lâcheur, obligé toujours d'être à l'affût, disponible, libre et sans témoins, pour pouvoir en chasseur agir rapidement, faire ses coups dans un coin d'ombre comme autant de petits crimes avec quoi, dans les rues chaudes, le cœur battant, acheter sa paix.

Simenon, c'est une sorte de clochard à l'intérieur, tout comme l'était devenu, après de hautes études, l'oncle de son enfance, et qui le fascinait. C'est un évadé « *de la nuit et de la pluie* » qui n'en est jamais revenu de n'avoir pas été rattrapé... Il a raté d'être un raté, mais c'est un homme qui se dégoûte et se déteste, un faux derche, un faux calme, et un faux aimant, comme tous les créateurs. C'est un errant, un débauché, un ancien petit garçon sale et obstiné resté fixé au stade du sale par toutes les fibres de sa chair : il salit les grandes personnes, il salit les femmes, il salit l'autre, il salit le papier, il salit le lecteur... Lui seul sait l'étendue de son ignominie à l'intérieur, et, dans la honte et la dissimulation, derrière cette façade de timidité maladive, d'ironie et de politesse mêlées, comme les criminels en lettres de sang il nous raconte, encore et encore, son histoire triste – l'histoire en vérité d'un homme, pas mieux, pas plus que Don Juan, qui n'aimait pas – ne pouvait pas – aimer les femmes.

Impossible incarnation dans l'amour véritable ; instabilité des domiciles ; errances tel le Hollandais volant à la surface du globe ; multiplicité des identités sous les pseudonymes du début de sa carrière de romancier populaire ; prolifération des personnages masculins coupables et honteux comme autant de masques de l'auteur se reproduisant en miroir : ces détails biographiques qui firent le bonheur des gazettes ne signent pas seulement la personnalité d'un Simenon. Ils sont l'expression profonde d'une pathologie qui a fait de lui un artiste, certes, mais une marionnette, un pantin disloqué qu'un fil invisible a tenu toute la vie par le nez.

Ceux qui, comme moi, pensent qu'une œuvre littéraire, aussi bien que l'huître sa perle de nacre, est une sécrétion du corps humain, et ceux que les récentes découvertes en matière de décodage biologique passionnent, seront intéressés d'apprendre que Georges, Joseph, Christian Simenon – génie hypersensible, mais bonhomme sidéré, infantile, égoïste et immature – fut dès sa venue au monde exproprié sans appel de son destin d'homme, déporté de sa place au soleil lorsque, né à Liège au domicile de ses parents un vendredi 13 février 1903 à 0 heure 10, il fut porté sur l'acte d'état civil comme ayant vu le jour le jeudi 12 février à 11 heures et demie du soir, vieilli de quarante minutes par… première d'entre les femmes, une mère superstitieuse.

Une manière de commandement : « *Ne sois jamais toi-même, Georges, à la place que Dieu t'avait assignée, ou il y aura malheur.* »

Le piège des nuits d'amour

par Raphaële Billetdoux,
Le Figaro littéraire – jeudi 27 février 2003.

Disons-le tout de suite : on ne vous entretiendra pas, cette fois, de la difficulté de parler du sexe en littérature selon ce qui valut au marquis de Sade, à Diderot, à Baudelaire, à Flaubert, à Colette, à tous les pionniers, poursuites et procès ; mais de la difficulté, au contraire, d'en *bien* parler, j'allais dire comme il faut, de la meilleure façon, en sorte que le lecteur – un amoureux des lettres, n'est-ce pas, mais pas seulement – s'en trouve tout échauffé… Où serait s'il vous plaît l'art d'une scène d'amour, quel en serait le sens, si elle ne produisait sur nous aucun effet ? « *Foutez comme des ânes débâtés,* proteste Diderot, *mais permettez-moi que je dise foutre ; je vous passe l'action, passez-moi le mot…* »

À ceci que, de simples mots, par le miracle d'une orchestration inattendue ont, pour des années parfois, fiché à l'arrière de notre cerveau des images d'une puissance magique, on reconnaîtra les écrivains. Ces plaisirs qui n'ont, au XIIe, au XVe… au XVIIe siècle, comme hier soir, duré qu'un instant, seule la littérature, cette traînée de bave scintillante, pouvait les garder au zénith…

Pensez ! Quels amoureux serions-nous, quels amants, quelles maîtresses et dans quelle obscurité, si les poètes : « *Ça, ça, pour le dessert, troussez-moi votre cote, Vite, chemise et tout, qu'il n'y demeure rien* »… « *Ça, je veux fourniller en ton joly fourneau, Car j'ay de quoi esteindre et allumer la flame…* » ; si les écrivains : « *Il baisait voracement son cou, les dentelles flottantes de sa coiffure de nuit et le col brodé de sa chemise… Elle avait ouvert les mains et restait inerte sous ses efforts… Mais une souffrance aiguë soudain…* » ; si tout, enfin, ce qui fut en amour au point de prendre plume pour conter, raconter, ne nous avait, dès le plus jeune âge, mis en intelligence ; placés au pied des lits et jusque dans les draps eux-mêmes ; ne nous avait, avant qu'à nous-mêmes la « *chose de nuit* » arrive, dégrossi le regard et la manière, gorgés de menues visions ; n'avait, d'hommes et de femmes idéaux définitivement aimés, peuplé notre lit ordinaire ?

De cette possibilité qu'il a de « *faire l'amour* » – le faire, faire cela, se laisser faire, se le faire faire, laisser tout faire, faire tout, faire la bonne chose, la chose pourquoi, la chosette, l'autre chose, faire bien ça, s'en faire donner, faire ça qu'est bon –, de cette possibilité qu'il a, disais-je, de « *rire, jouer, mignonner et baiser, nu à nu…* » (Villon), d'user librement de ce corps que Dieu lui a donné, en vérité, l'homme n'en revient pas. Comme la faim, ça revient toujours. Comme le taureau à qui on agite le chiffon rouge, ça prend toujours… Le taureau, bon… Mais « *comment un homme de sens*, s'étonne le Jacques de Diderot, *qui a des mœurs, qui se pique de philosophie, peut-il s'amuser à… ?* » Comment est-ce pour lui un mystère toujours recommencé, cette force indomptable qui le jette hors de soi aussi bien que l'enfant ou le chat se relève la nuit pour jouer ? « *Ha Dieu ! Que j'ay de bien, de pinçotter sa cuisse, De lecher son beau sein, de mordre son tétault, Ha Dieu ! Que j'ay de bien en ce doux exercice, Maniant l'honneur blond de son petit tonneault…* » Et, plein d'étonnement, d'étudier, et chez soi et chez l'autre, ce qu'il se passe, comment ça se passe, pourquoi ça se passe, et pourquoi ça ne passe pas…

Ce qui est dit par un homme en quelque cent ans sur la terre – « *J'écris pour que le jour où je ne serai plus, On sache comme l'air et le plaisir m'ont plu* » (Anna de Noailles) – peut ne pas s'écrire, et alors se perd avec le vent. Mais ce qui ne peut être dit a besoin, doit, être écrit. Ça vient, c'est venu à travers les âges, par souffrance, par jouissance ou par trop-plein, en billets, lettres, journaux intimes, poèmes, romans, chansons. Car l'amour éprouve le vivant, désespère la condition originelle, arrache des cris à ce qui est. Des cris étouffés aux cris transmués, maîtrisés, vocalisés comme autant de notes du gosier des rossignols, il y a l'effort où se séparent les artistes.

Donner à voir, chercher à faire plaisir, rendre toute chose dans sa vérité et sa justesse, si telle est la tâche ou l'ambition des poètes et des écrivains, il était attendu qu'un jour, après la charrette de foin dans le soleil du soir, la petite odeur au creux de la nuque d'une jeune fille ou le bruit de la mer, ils poussent le champ de leurs sujets d'étude à l'acte d'amour proprement dit, « *ce moment*, dit Céline, *où la matière devient vie... On en fait : Ouf ! Ouf ! On jouit tant qu'on peut dessus, et c'est un grand désert...* »

Pour toucher à cela comme au reste du monde, il n'y a, il n'y a jamais eu, que le dictionnaire et la grammaire. Mais, siècle après siècle, petitement d'abord – et ce fut aussitôt, comme si l'art n'était pas un tout, relégué dans des anthologies spéciales –, plus bruyamment aujourd'hui, on a tenté de mettre en mots cet instant-là.

Longtemps, il est resté contenu dans les blancs, les points de suspension, les points-virgules, les alinéas d'un récit. Et, du goût, de la nature de chacun, dépend que le : « *Madame, cette nuit à deux heures, j'irai dans votre chambre, je dois vous dire quelque chose* » du Julien Sorel de Stendhal soit plus retentissant, plus violent à son imaginaire, que le : « *Alors à son tour, il le fait. C'est d'abord sur la bouche qu'il le fait. Le jet s'écrase sur les lèvres, sur les dents offertes, il éclabousse les yeux, les cheveux, et puis il descend le long du corps, inonde les seins...* », etc., de *L'Homme assis dans le couloir*, de Duras.

Longtemps aussi, cet élargissement de la palette du peintre est resté l'apanage masculin. Sinon par ce qu'en rapportaient les hommes qui en avaient tenu dans leurs bras – et des plus étonnantes (elles faisaient « *les yeux blancs* », « *des yeux de carpe* », elles « *tournaient de la prunelle* ») –, jusque vers 1880 environ, on ne sut pas ce que les femmes ressentaient ; seulement le long effroi qui précédait ce moment où l'héroïne vient à céder et « *défaillante, tout en pleurs, avec un long frémissement et se cachant la figure, elle s'abandonna...* » (Flaubert). Si le lecteur de Stendhal, grand maître de l'allusion, avait espéré autre chose que : « *Quelques heures après, quand Julien sortit de la chambre de Mme de Rênal, on eût pu dire, en style de roman, qu'il n'avait plus rien à désirer* », la honte était pour lui.

On était loin, encore, de : « *Elle était ravie, la gisante, miaulant, rugissant comme une chatte, une tigresse électrisée et l'homme, qui ne tenait pas compte de ses singeries, la barattait de belle façon, lui claquant les fesses, s'écriant : "Vérole ! Femme qui pète n'est pas morte !"* », de Cendrars… Ou de : « *Ensuite, ils s'aimèrent à deux reprises… Ils avaient le temps : il n'était pas deux heures de l'après-midi* » de Jarry (*Le Surmâle*). Ou de : « *À peine l'avais-je pénétrée qu'un son ivre sortit de sa gorge, un jaillissement long, égal, qui tenait du cri et du souffle, du roucoulement et du hurlement* », de Jules Romains.

Un à un, on a enlevé à la femme tous ses dessous, jusque les ombres. Il semble qu'il ne reste plus aujourd'hui à un auteur qu'à la faire jouir… Mais parce que la jouissance est indicible, elle appartient pour toujours au mystère, elle est l'échec absolu de la littérature. L'auteur qui s'aventure dans cette direction est condamné par lui-même à tourner tel un chien en fureur autour de la maison fermée.

Quand le style talonnait la stratégie qui emmenait à l'acte de l'amour, puis faisait pirouette, il y paraissait moins : le point de vue, ce qu'on appelle le point de vue d'un auteur, là où il se place pour nous décrire les choses, ici, est impardonnable…

Une volonté de trouver des similitudes pour nous conduire au plus près ; le fait de prolonger, si content de soi, une métaphore jusqu'à l'écœurement, une espèce d'honnêteté laborieuse de la chronologie des gestes, toutes ces fausses notes, alors que, là comme ailleurs dans une œuvre de fiction, l'intelligence n'est pas en cause, peuvent faire crier… à la bêtise. C'est que, à cet exercice délicat, l'homme – l'amant absurde, le fat – perce sous l'auteur… Et, tout comme si nous avions accepté de monter à l'hôtel avec lui après avoir réglé la chambre, il n'est pas supportable qu'il nous manque…

Ce ne sont pas les gestes qui ne vont pas, pas les libertés qui sont prises qui nous dérangent ; ce n'est pas ce qui, dans la page, nous est imposé et qu'il nous faut subir sans l'avoir choisi ; pas non plus les mots crus qui nous laissent froids ; non, c'est rien ; c'est que, quand c'est pas ça, c'est pas ça, à cela il n'y a rien à faire, pas de justification, pas d'explication à donner, ça ne jouit pas, c'est tout.

Que veut-on ?… Pas le joli, oh non, pas le joli, pas la naïveté, pas le strictement vrai ; pas l'art pour l'art ; pas le brut pour le brut, pas la revendication sexiste ; pas l'emballement solitaire ; pas d'angélisme ; pas de provoc ; pas d'originalité, surtout, pas de cliché non plus, ou peut-être si, un cliché !…, mais le cliché à point nommé alors, le cliché qui fait audace, au milieu de la langue écrite, et nous rattache tout soudain à l'humanité ; pas de souci littéraire ou moral ; pas de mise en scène de soi, genre : « *Pacifiée, je sentais son sexe bouger à pulsations prudentes, je gémis* », etc. (l'auteur se reconnaîtra) ; pas le labeur ; pas le déchaînement artificiel sans virgules ; pas trop de lumière, pas trop d'ombre, pas ça, pas ça… « *Non, dit-elle, pas ça ! Pas comme ça ! Satyre !* » (Boris Vian).

Alors quoi ?… L'artiste, dit Camus, est celui qui se tient dans cette ambiguïté entre le réel et le refus du réel : « *C'est cela, et ce n'est pas cela.* » Nul ne saurait dire pourquoi c'est cela… Un mot, comme un doigt placé là, une consonance secrète, des ruptures de ton, une anomalie, du noble et du trivial, du lisse, et du saccadé, du revêche, du bourru et, comme sur la peau tout à coup, de l'infiniment doux ; de la poésie qui n'en serait pas, de l'écriture qui n'en serait pas, du chaud ! du vrai ! du juste ! peu importe où ! quand ! comment !…, mais qu'il y ait ce mirage qui fait que le texte tremble, que le texte brûle, et qu'il nous ébranle… « *"Bien, dit Robin, tout en votre fadasse Ne le mettray" ; et soudain, il l'embrasse, Et la moitié seulement y transporte. "Ah, dit Margot, en faisant la grimace, Mettez-y tout, aussi bien je suis morte."* »

Les Plus Belles Pages d'amour de la littérature française, Anthologie d'Anaïs Faulbias et Colombe Boncenne, Stock.

Les Plus Belles Pages de la poésie tendre et sentimentale, Anthologie de Jean Orizet, Le Cherche Midi.

Du même auteur :

AUX ÉDITIONS ALBIN MICHEL

De l'air, 2001 et Le Livre de Poche.

CHEZ D'AUTRES ÉDITEURS

Jeune fille en silence, Seuil, 1971 et Points-Roman.
L'Ouverture des bras de l'homme, Seuil, 1973 et Points-Roman.
Prends garde à la douceur des choses, prix Interallié, Seuil, 1976 et Le Livre de Poche.
Lettre d'excuse, Seuil, 1981 et Points-Roman.
Mes nuits sont plus belles que vos jours, prix Renaudot, Grasset, 1985 et Le Livre de Poche.
Entrez et fermez la porte, Grasset, 1991 et Le Livre de Poche.
Mélanie dans un vent terrible, Grasset, 1994 et Le Livre de Poche.
Chère Madame ma fille cadette, Grasset, 1997 et Le Livre de Poche.
Je frémis en le racontant, Plon, 2000.

Composition réalisée par IGS-CP

Achevé d'imprimer en novembre 2008 en Espagne par
LITOGRAFÌA ROSÉS S.A.
Gava (08850)
Dépôt légal 1re publication : décembre 2008
Librairie Générale Française - 31, rue de Fleurus
75278 Paris Cedex 06

31/2410/4